缘来红楼梦一场

悟澹 著

YUANLAI HONGLOUMENG YICHANG

中山大学出版社
·广州·

版权所有　翻印必究

图书出版编目（CIP）数据

缘来红楼梦一场 / 悟澹著 . ―广州：中山大学出版社，2017.8

ISBN 978-7-306-06065-5

Ⅰ. ①缘… Ⅱ. ①悟… Ⅲ. ①《红楼梦》研究 Ⅳ. ① I207.411

中国版本图书馆 CIP 数据核字（2017）第 129289 号

出 版 人：	徐　劲
策划编辑：	曾育林
责任编辑：	曾育林
封面题字：	慈满法师
装帧设计：	亮堂设计工作室
责任校对：	高　洵
责任技编：	黄少伟
出版发行：	中山大学出版社
电　　话：	编辑部 020-84111996，84113349，84111997，84110779
	发行部 020-84111998，84111981，84111160
地　　址：	广州市新港西路 135 号
邮　　编：	510275　　传　真：020-84036565
网　　址：	http://www.zsup.com.cn　E-mail：zdcbs@mail.sysu.edu.cn
印　刷　者：	佛山市浩文彩色印刷有限公司
规　　格：	880mm×1230mm　1/32　6.375 印张　150 千字
版次印次：	2017 年 8 月第 1 版　2018 年 5 月第 2 次印刷
定　　价：	40.00 元

如发现本书因印装质量影响阅读，请与出版社发行部联系调换

序

红楼梦醒

2015年，我在中山大学出版社出版《解毒〈红楼梦〉的禅文化》一书之后，曾经对自己说，再也不轻易去看《红楼梦》了。没有坚持住，不出半个月的时间，我在萧山机场的书店看到了一本以孙温绘本的《红楼梦》插图作为封面的《环球人物》杂志，当时我的心就特别痒，任何在书架上的书籍我都没有心思去看，最终"破戒"买了《环球人物》第292期杂志。

事情没有绝对，就像智通寺的对联那样"身后有馀忘缩手，眼前无路想回头"，有时候把话说得过于绝对的时候，其实就是把自己的后路给堵死了，这是我再次翻开关于《红楼梦》话题的文章之时所想到的。在飞机上，

我喜不自胜地阅读着《环球人物》上关于《红楼梦》主题的专题文章，一时心痒，又忽然泛起继续写对《红楼梦》的感悟的念头。

这一起心动念，朋友圈、新华书店的书架、网站读书频道，还有个人账号的读者留言，就几乎都离不开《红楼梦》的话题。神话里的神仙，一旦动了凡心，就要被贬下凡间历劫。我想，我"历劫"的时候到了。于是我开始动笔写了起来。

起初，写出新稿子的时候，我只是往一些文学杂志上投稿，没想到一段时间后，竟然写成了规模。我前后梳理了现有的稿件，决定站在"缘"的角度，重新审视《红楼梦》。在这个过程中，我收获了很多。比如我遇到了诸多爱好《红楼梦》的老师和学者，各行各业的都有，其中还有电视剧《黛玉传》林黛玉的扮演者闵春晓老师。我们两人一见面，只三两句，话题就扯到了《红楼梦》，相聊甚欢。

万发缘生，皆系缘分。写《红楼梦》的读书感悟也是缘分。

序

　　宝玉初见林妹妹的时候，便说这个妹妹我曾见过的，这是尘世相见的缘分；十年修得同船渡，百年修得共枕眠，这是今生的情缘；只是见了姐姐，就把妹妹忘了，这是人与人之间违逆的缘分；明儿都死了，你几个身子去做和尚，这大概讲的就是贾宝玉与佛门的缘分吧。但是缘分这东西，就像参禅一样，参求无数，有些人到老虚头，有些人净遇到业障。我觉得甚是有意思，回头想想，这些年，觉得除了佛能把缘分说明白了，仿佛也没有人能说得清楚，况且佛说的，当真让愚笨的我听得一头雾水，不能领悟。

　　或许这也是我们忽略的《红楼梦》另一个厉害的地方，那便是"梦"，由此一想，笔者愿意从冷视热，然后解其中滋味。在诸多缘分中，恍然大悟，尘世相逢，缘来红楼梦一场！

　　做梦，是为了更好地醒来！一切因果，缘来如此！

悟澹　写于江南清丽地菰城

2017 年 4 月 13 日

目录

壹 顺缘

> 我觉得人生最可惜的,莫过于别人已经告诉了你什么是不该、什么是舍得,你却没有当回事,直到错过的时候,方知那是无法回头的悔恨。

02 / 香菱,一位先出场却最后收场的女子

05 / 一切都从荒唐开始

09 / 谁是让你圆满的那个

12 / 我们往往不相信真相

14 / 一轮明月,不应有恨

贰 尘缘

爱是红尘之中的一场伟大的修行,包括方外之人。不俗即仙骨,多情乃佛心。不管是谁,只要是有情众生,修行之中、历劫之中都离不开爱。

18 / 智通寺门前对联的智慧

21 / 生命注定要在爱中修行

25 / 生命中残酷而极致的美丽

30 / 通过林黛玉的眼睛看宁国府

目录

人缘

人之所以冷漠，是因为经常被忽略。边缘化的人是最孤独的，因为他们是被遗忘的一个群体。而林黛玉的内心世界，就是被边缘化的，她的孤芳自赏来源于没有人懂得并且欣赏她的生命。

36 / 爱是人生最大的孤独寂寞

44 / 两种打赏的态度

48 / 薛宝钗的处世智慧

55 / 晴雯的感情跨越

59 / 放下执着的东西

62 / 容不得半点对生命的懈怠

65 / 一场属于晴雯的葬花礼

缘来红楼梦一场

一个男人摆不平的事情，就让女人作为替死鬼，我觉得这是一件非常恐怖的事情。女人永远都是男人的挡箭牌，大事处理不好，需要女人出面和亲才能保住国家；甲马休征，百姓不会降败伤亡，当国家破灭之后，所有的责任推脱都是女人水性杨花、红颜祸国。

71 / 古今之情便多风月之债

75 / 指点迷津，但唯恐泄露天机

78 / 我们到底在矜持些什么

82 / 做梦中梦，见身外身

84 / 情仇爱恨之间，无处追寻

86 / 是什么禁锢着我们的思想

目录

伍 业缘

> 澹泊之守,须从秾艳场中试来,并不是躲在青山古寺之中,才是真正超然物外之人。你为什么要寻求清净,是因为你一点都不清净。

90 / 晴雯是贾宝玉的影子

92 / 谁是你生命的过客

94 / 不希望女性成为男性的附属品

97 / 把重要的那个人分为两个角色

99 / 我们生命中缺乏参照物

102 / 为自己而活

104 / 障碍来源于我们给自己画的防卫线

> 澹泊之守,须从秾艳场中试来,并不是躲在青山古寺之中,寻求清净才是真正超然物外之人。你为什么要寻求清净,是因为你一点都不清净。

106 / 如梦幻泡影

108 / 想想别人,你是最幸运的

110 / 静水流深的李纨

112 / 有些人就像谜一样让你去考证

114 / 千红一窟和万艳同杯

117 / 千万别以为是在做梦

122 / 生命中完成另一个自我

目录

 陆 边缘

对错真的没有绝对,慈悲方可圆融,在生命的该与不该、忍与不忍之间,唯独因果在一次次拷问着你。到最后你会发现,当下历练你的那些人并不是魔,而是成就你、成全你的菩萨。他们的慈悲尽在该与不该、忍与不忍之间让你选择。

127 / 小人物大问题

132 / 不同的人不同的理由

136 / 因为伟大,所以卑微

140 / 矛盾是怎么来的

143 / 这样的人是如何死的

146 / 人争到最后争的是什么

148 / 所有的遇见都是菩萨的示现

158 / 到底是占了便宜还是吃了亏

161 / 无有恐怖,远离颠倒梦想

生命的美丽并不是死在作者创作的思维下,而是栖牲在读者不能以心印心的分别上,当有色的视觉和无我的创作碰撞时,我蓦然明白,为什么《金刚经》上会说"应无所住而生其心"了。

164 / 生命的不敢和不忍

168 / 林黛玉和史湘云的酒令

170 / 人生半路上的预示

172 / 生死大事,幻灭之间

174 / 本性流露出的慈悲和善良

177 / 有些事情可以试着去认同

180 / 青春是一段你说不清的岁月

183 / 欲言又止的心中领会

壹 顺缘

我觉得人生最可惜的,莫过于别人已经告诉了你什么是不该、什么是舍得,你却没有当回事,直到错过的时候,方知那是无法回头的悔恨。

香菱，
一位先出场却最后收场的女子

我不知道是从什么时候开始，才发现原来在《红楼梦》中，第一位出场的女性是香菱，最后收尾的女性也是香菱。

《红楼梦》的伟大之处，就是曹公笔下的人物在润物细无声地为你开示。

香菱是金陵十二钗副册中的女子。或许相比《红楼梦》十二钗正册中的人物，香菱的分量不算重，但是曹雪芹却安排贾宝玉在太虚幻境中，最先打开副册。

在我们生活的倒影中，也许自以为是主角，但不管你是什么背景、什么身份，在别人眼中你也许永远只是一位过客。在这么多认为自己是主角的自我中，却万万没想到自己在别人的生命中原来只是一位配角。

我想曹雪芹安排香菱最先出场亦是如此,《红楼梦》的微妙之处就是在这里。曹公告诉我们,其实任何对你而言重要的人或事,最终都会变得不重要。有时候你认为你会撑到最后一场,殊不知在第一场戏的时候,你人生的台词内容就已经开始转折,也或者就此停顿了,但是世间这场大戏依旧在上演。

甄士隐的女儿香菱是一位命运多舛的女孩,本来是有钱人家的千金大小姐,却在元宵节看花灯时被人拐走。香菱原名叫甄英莲,拐走养大后给金陵公子冯渊,却又中途被薛蟠抢走为妾,然后才起名叫香菱。后来薛蟠纳妻夏金桂。夏金桂是一个刁钻狠毒的女人,又把香菱改名为秋菱。秋菱饱受虐待,又遭人陷害,最终躲过丧命之灾,好不容易夏氏逝去,自己被扶正,却不料在生育之后死去。这就是香菱孤苦的一生。

人生最无法述说的苦就是先甜后苦,凡事有因也有果,谁都逃不了,这一饮一啄之间,也只有香菱一人在如人饮水之中,明白了冷暖自知的过程。或许在提及《红楼梦》儿女时,我们不会第一个想起香菱,香菱在《红楼梦》中是配角,却极为精彩,在我们生活中,更要感谢类似这样的人。

有时候那些被遗忘的人或事,才是最为珍贵的,有了配角的陪衬，才让我们觉得那些主角的人生如此精彩绝伦。想起香菱学诗，我会为生活的美好纯粹而感动。也许这个是不经意的瞬间，但是往往那些不经意的匆匆流过，才会让我们后悔莫及。

人生本就像微尘一样，在流沙的河畔之中。正是这些微尘的存在，才让我们觉得充满微尘的人生值得我们去经历。拂去尘埃之后，呈现给我们的便是弱小生命的那种纯粹，如同万事万物的因缘一般，是怎么来，就怎么去。

一切都从荒唐开始

壹·顺缘

一本好的小说,甚至一件你想做的事情,从来不会认为自己做了一件非常荒唐的事情。但是当你翻开《红楼梦》第一回的时候,作者曹雪芹就直言是一件荒唐的事情,从荒唐开始做起,然后从荒唐中解其中味。

龙树菩萨有首偈子——"诸法不自生,亦不从他生,不共不无因,是故知无生",我觉得放在《红楼梦》开篇,非常吻合曹公当时创作的思想。诸法因缘和合而生,不知道因果,一切都是荒唐的事情,想从青埂峰中化石成人是荒唐,想在人间温柔富贵乡中游历一遭也是荒唐,想在"好"和"了"之中体悟更是荒唐。最后白茫茫大地一片真干净,宝玉出家了,在世人的眼中都是荒唐。有时候觉得自己反复去看曹雪芹的"荒唐小说",也是一种荒唐,然后对境起心,悲悯之心作怪,流下一把辛酸泪,舍得的、舍不得的,能忍的、不忍的,此刻都是

因自己的痴爱之心在牵绊，才知道谁经历，便由谁来解其中味。

《红楼梦》第一回说："此回中凡用'梦'用'幻'等字，是提醒阅者眼目，亦是此书立意本旨。"一切都是虚幻，《金刚经》中就有四句偈言道："一切有为法，如梦幻泡影，如露亦如电，应作如是观。"世间种种变化万千，都是虚幻，在真真假假之中，扑朔迷离，让你分辨不清。

我经常对大家讲，《红楼梦》可以让你在生活中感悟很多别人给不了你的东西，乃至你的亲人无法传授给你的东西，这个是学校和老师做不到的。每次看《红楼梦》，我都会有一种感动，作者在一种忍与不忍、该与不该、对与不对之间，让你自己体悟。

我时常在想，我们做人为什么要修行？修的是什么？《礼记·大学》中的"物格而后知至，知至而后意诚，意诚而后心正，心正而后身修，身修而后家齐，家齐而后国治，国治而后天下平"，提到了修身、齐家、治国、平天下。你会发现，站在不同的角度，对修的理解也是不一样的。

对比儒家、道家和佛教。长幼有序，尊卑有别，我们修的是礼仪；静身己坐，先静其心，我们修的是身体力行；心无增减，清净无净，我们修的是心灵。我们为什么要去修？我在《红楼梦》中找到了答案。

因为我们贪，因为我们嗔，因为我们痴，所以我们要修行。正是因为我们有问题，所以我们要去修，然后在这个过程中去实践。

贾宝玉从石头幻化成人形，在这个过程中，舍得的、舍不得的，能忍的、不能忍的，该做的、不该做的，贾宝玉通通都经历了。然后贾宝玉在这过程中，把世事的洞明、人情的练达、做人的问题、自己的问题，都一一发现了，并且去履行了。

有时候，我觉得我们像极了贾宝玉，看不惯的都认为是在装，不喜欢世俗，不喜欢"世事洞明皆学问，人情练达即文章"。但是人生在世，哪一件事物不是在装呢？人这一生都在修行，然而修行就像是在盖房子，装个大体，再去修细节。如果连大体都不装，那我们哪里还有修细节的可能？这个装的过程，我想就是包容和慈悲。我们学会接纳，在儒家的恭敬之中、在道家的宁静之中、在佛教的清净之中，我们完成自己的生命，然后在白茫茫一片大地中，找到一块属于自己生命的净土。我想，这就是《红楼梦》给我们带来的开示。

"满纸荒唐言,一把辛酸泪!都云作者痴,谁解其中味?"其实,这个偈子真值得我们反复品读,并用心体悟其中的智慧。我相信你会用偈子中的荒唐言,对照自己现实生活的荒唐之举,才知道曹雪芹的一把辛酸泪不过是因为自己过往的荒唐,才体悟到其中的味儿!

壹·顺缘

谁是让你圆满的那个

我听过一则故事，我想非常有必要跟大家分享一下。

从前有一只九尾猫，每修炼二十年就可以长出一条尾巴，而它需要把自己的九条尾巴都修炼出来才可以成仙。据说第九条尾巴很难修到，当猫修炼到第八条尾巴时，会有一位凡人来向它预示，只要这只猫能帮助这个预示的人完成心愿，第九条尾巴就能长出来。但是，每当第九条尾巴长出来时，第八条尾巴就会断掉。就这样，这只猫不知道完成了他人多少个心愿，但是一直在这样无限的死循环中，根本不可能长出第九条尾巴。

有一天，这只猫遇到了一位少年。这位少年知道，无论有多么奢侈的愿望，这只猫都能帮他实现，但他一时想不出什么好的愿望。这只猫变成一只普通的小猫跟随少年，等待着为少年实现愿望的那一刻。后来有一天，少年知道了九尾猫修炼尾巴的秘密，竟然对这只神通广

大的猫产生了怜悯之情。

终于有一天,这只猫不耐烦了,便问少年:"你什么时候许愿?"少年好奇地问:"是不是我所有的愿望你都能帮我实现?"这只猫不屑地瞥了少年一眼。少年接着说:"我的愿望就是让你长出第九条尾巴!"猫当时就傻眼了,用不可思议的眼神看着少年,然后舔了舔少年的手,便长出了美丽的第九条尾巴,而少年的一生,也过得非常幸福美满。

原来故事的天机就在于此,只有遇到肯让你圆满的那个人,你才可以长出第九条"尾巴"。

所以,我认为感恩、慈悲、感谢、知足是我们生命的主题。我读《红楼梦》的时候,便觉得这本书的感人之处就在于此。比如说贾宝玉,他首先感谢一道一僧让他从顽石变成凡人,因为这两个人给了宝玉"修炼尾巴"的机会,才能去红尘之中历练。贾宝玉生命中遇到的一切,我想都是一步一步在让他圆满,至于最后让他圆满的那个人,我想不是林黛玉,不是薛宝钗,更不是曹雪芹,而是生命中一切的遇见,最后汇聚在一起,成就了圆满。然而,这个圆满的地方便是红楼之中的一场梦境。

我们每个人原本都像顽石一样固执,然后我们在人海之中的种种邂逅,使我们那颗顽固的心慢慢变得柔和,然后学会包容,遇见美好,看到慈悲。其实这一切都是梦幻泡影,却也是让你一步步圆满的阶梯。

壹·顺缘

我们往往不相信真相

我爱睡觉，有朋友调侃我："生前何必久睡，死后自会长眠！"《红楼梦》是一本沉睡已久、然后做了无数场梦的奇书，将人世间的虚幻一一说尽，然后在这个泡影幻灭之际，才让你醒过来，方知繁华是一场大梦。

甄士隐做的一场梦，我觉得极具开示意味，他在梦中得到了命运的预示，但是醒来的时候，完全把预示的重要性给忘了，然后回头想想，原来不过是"太虚幻境"。

很多人认为"预示"是一个带有神秘色彩的词语，但是我认为《红楼梦》可以打破这种错误的观念，其实预示一点也不神秘。在我们的生活中，这样的预示不计其数，比如别人对你的暗示，你做事之前内心世界的忐忑，等等，都是你生命的预示，但是我们的无知和盲目往往使我们忽略了这些预示，而认为是心理暗示，其实有时候暗示也是生命预示的一种。

甄士隐在梦中看到了一副对联："假作真时真亦假，无为有处有还无。"忽然在生命的旅途中，看到了繁华是一场梦的真相。我忽然觉得自己在此处也看到了一份从生命源头领悟本质的感动。

其实我们生命的周遭，不都是真真假假、假假真真难以辨别吗？有些时候我们明明看到的是假象，但是我们宁可沉迷其中，也不愿意去揭穿，因为有些真相往往是残忍的，甚至是我们难以接受的，就像甄士隐醒来之后的一切遭遇，这些都是真相。我们之所以不愿意相信真相，因为我们还有种种不舍和不该。

我觉得人生最可惜的，莫过于别人已经告诉了你什么是不该、什么是舍得，你却没有当回事，直到错过的时候，方知那是无法回头的悔恨。曹公在向我们指明生命迷茫的状态，我想不仅甄士隐如此，我们每一个人都如此。

《心经》说："无有恐怖，远离颠倒梦想。"有时我们不相信的真相，往往却是成全我们的那个契机。怀疑终究不会害了别人，而是误了自己！

现在我真想问问此刻的你：是不是当我们故意回避真相的时候，有点自欺欺人？接受事实，然后用善缘相对，所有的遇见都值得我们珍惜。

一轮明月,不应有恨

《红楼梦》中的书生,当属贾雨村第一了。穷困潦倒的贾雨村寄居在寺院里,靠卖字画为生。他的出场是在甄士隐梦醒之后。

"因他生于末世,父母祖宗根基已尽,人口衰丧,只剩得他一身一口,在家乡无益,因进京求取功名,再整基业。自前岁来此,又淹蹇住了,暂寄庙中安身,每日卖字作文为生,故士隐常与他交接。"

甄士隐也是一个文人,所以他们比较相投,当头一轮明月,飞彩凝辉,二人愈添豪兴,酒到杯干。贾雨村赋诗一首:"时逢三五便团圆,满把晴光护玉栏。天上一轮才捧出,人间万姓仰头看。"

自古以来,并不是因为命运的不公和社会的违和让文人的命运比他人坎坷很多,而是很多文人的不可一世和孤芳自赏的清高,让常人难以接近。常言道:"自古书生多刻薄,只因未在苦里磨。"清高是需要资本的,风雅更是需要资本的,这一点在《红楼梦》有充分的体现。比如,林黛玉他们想起一个社,需要经费,不得不拐弯找王熙凤解决。想把文化搞起来,只有情怀而没有钱是相当困难的。有时候我们过分的附庸风雅,最终落实的还是生活之中的俗物。这一点往往是书生文人最不愿意面对的。

"天上一轮才捧出,人间万姓仰头看。"自古以来,文人借月抒情的文字不计其数。苏东坡的"明月几时有,把酒问青天"千古佳句,李白的"举杯邀明月,对影成三人"名篇,都表达出文人的挫败感和孤独感。相比而言,苏东坡更加让人佩服。他的命运极为坎坷,多次被贬,在文字狱中险些丢了性命。但是遭受挫折的苏东坡,他的作品却几乎没有什么抱怨和满腔愤怒,反而写出了"不应有恨,何事长向别时圆?人有悲欢离合,月有阴晴圆缺,此事古难全"这样的诗句。苏东坡的这种豁达,是极少数文人所能拥有的。而一心想要考取功名的贾雨村却屡遭不顺,便有些心灰意冷,但是又不甘心放下,追名逐利之心就好像天上的月亮一样,满天星辰,唯月皎洁。贾雨村在期望和失望之中徘徊着,作出这么一首对月抒情的诗。

今天我们所看到的唐诗宋词,其中不乏作者在经历仕途坎坷之后创作出来的作品。这些文字中无不透露着对人世的抱怨、对世道的不忿等。

受过苦难,知道官场的黑暗,一旦掌权,便知道捷径,贾雨村便是如此。历史上不乏这样的人。你也许无法相信,写出"谁知盘中餐,粒粒皆辛苦"的才子李绅,相传最后竟然一顿饭能浪费几百只鸡。

所以,从"天上一轮才捧出,人间万姓仰头看"中我读出的惊恐和那种想要高高在上的占有欲,跃然纸上。历史上那些掌权的贪腐文人,手段极其毒辣,估计就是当年白手起家的时候,心中积累的怨恨所致。由此,我便会想起曾经在牢狱中险些被斩首的苏东坡能够写下"不应有恨,何事长向别时圆",是何等的伟大!

贰 尘缘

爱是红尘之中的一场伟大的修行，包括方外之人。不俗即仙骨，多情乃佛心。不管是谁，只要是有情众生，修行之中、历劫之中都离不开爱。

智通寺门前对联的智慧

贾雨村的出场带出了林黛玉。他是林黛玉的老师，因为林黛玉体弱多病，所以他便有很多空闲时间。"闲居无聊，每当风日晴和，饭后便出来闲步。这日，偶至郭外，意欲赏鉴那村野风光。忽信步至一山环水旋、茂林深竹之处，隐隐的有座庙宇，门巷倾颓，墙垣朽败。"

这个寺院叫智通寺，非常美的一个地方。与繁华处相比，智通寺多了几分幽静。智通寺门旁有一副旧破的对联："身后有馀忘缩手，眼前无路想回头。"这里面有很深的做人的学问，包容了很多世间的智慧——给别人留个转身的余地，自己方有大道可行。我想，这副对联给我们的开示是，千万别等到人生绝望之时才知道回头；不给自己留退路，所有的缘分、慈悲和包容都会在你的人生道路上被堵住。

其实，贾雨村是一个非常有悟性的人，要不然他看到对联后,也不会想到,"这两句话,文虽浅近,其意则深。我也曾游过些名山大刹,倒不曾见过这话头,其中想必有个翻过筋斗来的亦未可知,何不进去试试"。其实,有时候我们同贾雨村一样,聪明有余,智慧不足,生命中明明有预示,我们能感应得到,却还是执着不肯回头,以至于到了最后,想回头都无法回头了。

"想着走入,看时只有一个龙钟老僧在那里煮粥。雨村见了,便不在意。及至问他两句话,那老僧既聋且昏,齿落舌钝,所答非所问。雨村不耐烦,便仍出来。"龙钟老僧在那里煮粥,你可以想象这个画面,邋遢的外形,没有我们僧人所谓的威仪,似乎这位僧人的出现,就是在挑战你所谓的底线。曾经有人问我,为什么电影里到最后来扭转大局面的人都是那些寺院扫地僧或厨房的火头僧。这个问题蛮有意思的,这是告诉你要破除我们对表象的执着。《金刚经》说,"若以色见我,以音声求我,是人行邪道,不能见如来",也是告诉你不要偏执地看待问题,要知道诸法空相,破除执着。贾雨村问龙钟老僧,老僧答非所问,其实就是人生的智慧。我们所遇见的人、所经历的事,大多是与我们的意愿背道而驰的。所以当看到"雨村不耐烦,便仍出来",这一"仍出来"的动作,你可以想想,贾雨村所有的福报、缘分、善缘、开示、

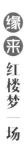

接引等,都让贾雨村这一袖子给扔出了。此刻我看到的是惋惜。

生命注定要在爱中修行

贾雨村到智通寺觉得无趣，便去乡村酒店吃酒，遇到了冷子兴。冷子兴作为一个古董买卖商，详尽地了解荣国府和宁国府的状况，于是将其错综复杂的关系简略地给贾雨村梳理了一遍。

冷子兴带出了一个人，这个人就是贾宝玉。冷子兴向贾雨村说起贾宝玉母亲生产的过程："这政老爹（贾政）的夫人王氏，头胎生的公子，名唤贾珠，十四岁进学，不到二十岁就娶了妻生了子，一病死了。第二胎生了一位小姐，生在大年初一，这就奇了；不想次年又生一位公子，说来更奇，一落胎胞，嘴里便衔下一块五彩晶莹的玉来，上面还有许多字迹，就取名叫作宝玉。你道是新奇异事不是？"

贾宝玉原来有个哥哥叫贾珠，不想却不能成个人，早早就死了。然后才有他姐姐贾元春，生的特别是时

候，在大年初一，想来是命运不一般的人才能赶上这个喜庆的日子。新一年的头一天，在众日月之首，所以在曹雪芹的安排下，贾元春后来进宫做了妃子。最后就是贾宝玉，这个人更奇特了，生下来的时候嘴里就衔着一块五彩晶莹的玉。

贾宝玉就是青埂峰下的顽石幻化成人，用贾雨村的话来说："果然奇异，只怕这人来历不小。"

五彩的宝石似乎在寓意着什么。顽石到红尘之中历练，到最后遁入空门，正是一场修行。由一块五彩的石头，在色蕴、受蕴、想蕴、行蕴、识蕴之中，五蕴皆空中体悟人生诸苦，在真实不虚之中感悟生命繁华处的没落，最后知道繁华不过就是一场落幕，该散的人终究要散，该去的人终究要走，落了个白茫茫大地一片，真干净！

接下来，一个人的命运，他来到这个世上需要做什么，全都一一体现了。子兴冷笑道："万人皆如此说，因而乃祖母便先爱如珍宝。那年周岁时，政老爹便要试他将来的志向，便将那世上所有之物摆了无数，与他抓取。谁知他一概不取，伸手只把些脂粉钗环抓来。政老爹便大怒了，说：'将来酒色之徒耳！'因此便大不喜悦。"我们喜欢将一个人的命运定位，比如贾政让儿子在一百天的时候抓周，那天他抓到什么，就预示着他将来的命运走向，有点像小时候奶奶说的"三岁看到老"那样。

贾宝玉周岁抓周的时候，抓到了脂粉钗环，父亲就会认为他是酒色之徒、红尘浪子，是一个不正经的家伙，因此特别生气和不喜欢。然而，曹公却不这么认为。《红楼梦》这本书倡导的往往不是主流思想所倡导的那样，它不会对任何事物下绝对的定义。

周岁时候的贾宝玉抓了一把脂粉钗环，这就是讲你在人生修行路上需要面临的一切，起心就有爱染，一个人不管有多么的慈悲、多么的残酷，却都是有爱的。爱是红尘之中的一场伟大的修行，包括方外之人。不俗即仙骨，多情乃佛心。不管是谁，只要是有情众生，修行之中、历劫之中都离不开爱。

《红楼梦》让人豁然开朗，并为曹公敢于在伦理、天道之间去讲敏感的情爱而感动。"有因有缘集世间，有因有缘世间集。有因有缘灭世间，有因有缘世间灭。"一切都是世间的因缘聚集生灭，贾宝玉的人生就是因爱而生，然后因爱而悟，知道了世间种种的幻灭之无常，明白了一切恩爱会，无常难得久，生世多畏惧，命危于晨露。其实很多说不清的情绪，几乎都能在"由爱故生忧，由爱故生怖，若离于爱者，无忧亦无怖"中找到答案。

　　慈悲筏，济人出相思海；恩爱梯，接人下离恨天。贾宝玉来到人世间就是在爱中领悟，然后来完成自己生命的圆满，生命中注定要在爱中修行。我想，古典著作中，也只有《红楼梦》这样的小说敢这么直心是道般为大家开示。

生命中残酷而极致的美丽

贾雨村认为贾宝玉来历不小,冷子兴便把贾宝玉奇怪的言论告诉了贾雨村。贾宝玉曾说:"女儿是水作的骨肉,男人是泥作的骨肉。我见了女儿,我便清爽;见了男子,便觉浊臭逼人。"

读到这里,我们看到了平等和重视,儒家文化的尊卑有别、长幼有序,在此刻忽然瓦解了。曹雪芹提倡的永远不是所谓世人伦理道德所倡导的那些东西,而是要在生活的点滴之中,看到生命的感动。当曹雪芹借助贾宝玉这一角色,说出了女性生命的重要性和独一无二之时,许多人都是反驳的,认为是荒谬的,所以冷子兴认为贾宝玉"将来色鬼无疑了"。

贾雨村罕然厉色忙止道:"非也!可惜你们不知道这人来历。大约政老前辈也错以淫魔色鬼看待了。若非多读书识事,加以致知格物之功,悟道参玄之力,不能

知也。"贾雨村提出了两种人物。天地生人,除大仁大恶两种,余者皆无大异。若大仁者,则应运而生,大恶者,则应劫而生,运生世治,劫生世危。

应运而生,应劫而生,但是生命之中,很多都是非大运和大劫之人。这些中庸之人是不会被人铭记的,历史终会将其遗忘。尧、舜、禹、汤、文、武、周、召、孔、孟、董、韩、周、程、张、朱,皆应运而生者,他们活在了儒家的人伦之中的道德理性,他们被视为楷模,似乎鲜少有普通人的欲望。比如脍炙人口的大禹治水三过家门而不入,这些精神值得我们歌颂,但是在生命和情感之中,我们看到了一些道德背后的不忍和不能言表,更是让人难以启齿。

蚩尤、共工、桀、纣、始皇、王莽、曹操、桓温、安禄山、秦桧等,皆应劫而生者,这些人扰乱天下。而在《红楼梦》这本书中,像薛蟠、贾环、贾琏、贾赦、王熙凤这些人,难道他们都是大恶之人吗?未必如此,有时候我们在极致的行为中看到残酷。

接下来贾雨村用两股气来划分这两类人:"清明灵秀,天地之正气,仁者之所秉也,残忍乖僻,天地之邪气,恶者之所秉也。"贾雨村又从自然现象中说世间两股力量的相违背的道理:"亦如风水雷电,地中既遇,既不能消，又不能让，必至搏击掀发后始尽。故其气亦必赋人，发泄一尽始散。"通俗地讲，就是天地两极的电荷相撞，我们所听到的声响，搏击掀发后始尽。这就好比儒家的善恶之分，相对而言很明确，邪不胜正，处于两极对立的状态。举个例子，道德不会倡导杨贵妃这类人，因为杨贵妃深得唐明皇的宠爱，最后这个国家灭亡了，一个男人搞不定的事情，竟然把所有的责任都推向了一位女性，原因在于"水性杨花"和"红颜祸国"的教条，但是这样的思想会出现在儒家文化之中。然而在某种情感之中，我们又会为杨贵妃这样的人感到无比的惋惜，觉得这个女人太可悲了，这么美的人却死得很惨，这样的心情在儒家文化之中可能都是不会出现的。

贾雨村列举了一批人，"前代之许由，陶潜，阮籍，嵇康，刘伶，王谢二族，顾虎头，陈后主，唐明皇，宋徽宗，刘庭芝，温飞卿，米南宫，石曼卿，柳耆卿，秦少游，近日之倪云林，唐伯虎，祝枝山，再如李龟年，黄幡绰，敬新磨，卓文君，红拂，薛涛，崔莺，朝云之流，此皆易地则同之人也"。

比如阮籍的母亲去世，大家都来奔丧，见阮籍未流一滴眼泪，认为他很不孝顺，纷纷谴责他。当所有人散去，阮籍因为母亲的逝去而几度伤心至吐血。人生中莫大的

悲伤有时候不仅仅是用眼泪来表达的。在很多时候我们看到的往往只是形式上的礼节,而真情的实质未必体现在其中。

嵇康就更绝了。一心不想涉足政治的他,为了保护自己,故作不问人情的样子,多次拒绝钟会的邀请,最后得罪了钟会,于是很多莫须有的罪名便扣在了嵇康的头上。据说在奔赴刑场的时候,有三千多名学生请求要《广陵散》,但是被嵇康果断地拒绝了。

从他们身上,你看到了某种极端,往往都是那些外在的旁逸斜出的东西所造成的。有些人一步走错,则所有的东西都被否定,如陈后主、唐明皇、宋徽宗。陈后主是一个才子,有很高的文化修养,《玉树后庭花》是他的代表作之一。但是,因为没有治理好自己的国家,导致江山破败,他便背负着政治道德的骂名。唐明皇在位时,社会安定,政治清明,经济空前繁荣,唐朝进入鼎盛时期,开创了开元盛世。但是后来因为他治国不慎,引发了安史之乱,国家开始衰败,但是在政治道德的社会舆论中,我们一提到唐明皇,有一部分人认为他也是一个昏君,让自己的国家衰败,几乎很少提到他早年治国的功劳。宋徽宗是北宋皇帝,也是有名的书画家。他是一位不可多得的艺术家,却走上了"政治"这条不归路,最后在这条路上留下了千古骂名。今天我们再回头去看看这些人的故事,是什么样的命运要让他们成为如今世人褒贬不一的话题?人情、人性、欲望还是道德?

通过林黛玉的眼睛看宁国府

我觉得《红楼梦》第三回完全在写眼睛如何看事物。这一回，曹公通过人物的视觉来写周遭的环境。我建议大家在读第三回的时候，试着从眼耳鼻舌身意各个角度去感受这一章节，相信你会从中受到很多启发。

林黛玉的母亲离世，其父林如海对贾雨村说："天缘凑巧，因贱荆去世，都中家岳母念及小女无人依傍教育，前已遣了男女船只来接，因小女未曾大痊，故未及行。此刻正思向蒙训教之恩未经酬报，遇此机会，岂有不尽心图报之理。但请放心，弟已预为筹画至此，已修下荐书一封，转托内兄务为周全协佐，方可稍尽弟之鄙诚，即有所费用之例，弟于内兄信中已注明白，亦不劳尊兄多虑矣。"从这番言谈来看，林如海是一位极为温文尔雅之人。我们观察一个人的时候，不应只是从一面去看，如果是这样，我们对一个人可能会产生一些偏见，因为一些原因，我们会刻意忽略一个人的优点，这个时候，这个人在你眼中没有一处可以让你满意的。曹雪芹从来不会从单一的角度去塑造一个人。《红楼梦》之所以精彩，是因为它并不随波逐流。

贾雨村命运的转折也是从这里开始的。林黛玉母亲去世，林如海公务繁忙，无法照料女儿，又因贾母要求，便托付贾雨村把林黛玉送去宁国府。

林黛玉这样的弱女子，第一次出远门，宁国府的名声，她早有耳闻。"林黛玉常听得母亲说过，他外祖母家与别家不同。他近日所见的这几个三等仆妇，吃穿用度，已是不凡了，何况今至其家。"一个人是否有内涵，很大部分取决于这个人是否有眼界，看待问题能不能通透。林黛玉就是一位非常有眼界的女子。曹公很会用视觉的观察写出人物的心理活动。

林黛玉是一个非常敏感的人，"因此步步留心，时时在意，不肯轻易多说一句话，多行一步路，惟恐被人耻笑了他去"。姑且不说林黛玉这个人怎么样，从她在人前的举止表现，就有许多可取之处。有时候想想周边的人，总会有一些过多的表现自我的人，只懂得进取，不懂得退步，锋芒毕露以至于招人评论或厌烦。

"黛玉方进入房时,只见两个人搀着一位鬓发如银的老母迎上来,黛玉便知是他外祖母。"这时开始介绍贾母了。贾母是什么样子的呢?曹公借林黛玉的视觉写出"一位鬓发如银的老母"。视觉不同,定义也是不同的,每个人看问题看事物的焦点也不一样,比如贾雨村初见贾政之时,曹雪芹以贾政的第一视觉写出了贾雨村"见雨村相貌魁伟,言语不俗"。《红楼梦》第一回贾雨村到甄士隐家做客,甄士隐的丫鬟娇杏看到贾雨村之后,第一视觉判断便是"敝巾旧服,虽是贫窘,然生得腰圆背厚,面阔口方,更兼剑眉星眼,直鼻权腮"。这是以一位女子的直观视觉,去看一个人的仪容外表,然后带出了一系列的心理活动:"这人生的这样雄壮,却又这样褴褛,想他定是我家主人常说的什么贾雨村了,每有意帮助周济,只是没甚机会。我家并无这样贫窘亲友,想定是此人无疑了。怪道又说他必非久困之人。"

　　同样的一件事物,不同的人,传达的方式和角度是不同的。早前听到一则故事,讲述的是一头牛对朋友羊讲自己的工作太累了,结果羊对鸡说主人给牛的任务太多了,鸡又讲给鸭说牛因为主人给的任务太多了,有点抱怨了,鸭又对猪讲牛想要离开,猪对狗讲牛可能要背叛主人,最后狗对主人讲牛可能要造反逃跑。主人听说以后,第二天就把牛给宰了。

故事讽刺那些以讹传讹的现象,但是同时也说明了一个道理:同样的一件事情,不同的人本能判断的方向是有所不同的,有些人是从感官上,有些人是从视觉上,有些人是从听觉上判断。我觉得《红楼梦》第三回,就是在讲通过不同角度的阐述,以林黛玉视觉上的宁国府与大家见面,我觉得曹雪芹非常厉害,他告诉我们事物的一体两面。林黛玉进府就能带出这么多学问,《红楼梦》真是一本值得你看一辈子、学一辈子的书。

"不一时,只见三个奶嬷嬷并五六个丫鬟,簇拥着三个姊妹来了。第一个肌肤微丰,合中身材,腮凝新荔,鼻腻鹅脂,温柔沉默,观之可亲。第二个削肩细腰,长挑身材,鸭蛋脸面,俊眼修眉,顾盼神飞,文彩精华,见之忘俗。第三个身量未足,形容尚小。其钗环裙袄,三人皆是一样的妆饰。"迎春、探春、惜春三位姑娘就从林黛玉的视觉中出来了。曹雪芹在人物刻画上绝对不会一次性把一个人完全展示出来。这三位姑娘到底是什么样的,曹雪芹只是在第三回通过林黛玉的视角带出了外表的衣着打扮,至于脾气秉性,如果说此回一一揭露,我想这本小说就失去了可读性。"自古人生最忌满",留点余地让读者有想象的空间,这绝对是出彩的,这不

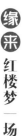

仅是小说的写作技巧，我们做人亦是"最忌满"。

　　大家谈论一番之后，接下来描写的视角开始转换了，重点对向林黛玉。"众人见黛玉年貌虽小，其举止言谈不俗，身体面庞虽怯弱不胜，却有一段自然的风流态度，便知他有不足之症。"都说"天上掉下个林妹妹"，林妹妹到底是怎样的，在大家眼中便是"身体面庞虽怯弱不胜"，除了娇小，再也没有什么详细的描写了，至于林黛玉戴的是什么，穿的衣服是什么颜色，作者曹公都没有交代过。

　　美，有时候是因为距离而产生的。作者拿捏的程度非常到位。世间万法，不可能所有的都是绝对，人与人、情与情、物与物之间，都需要有一定的度。一旦我们跨越了这个度，就触及人与人之间的敏感区，林妹妹之所以能被誉为是从天上掉下来的，我想其中最大的原因就在于作者把这个度把握得非常到位。

叁 人缘

人之所以冷漠,是因为经常被忽略。边缘化的人是最孤独的,因为他们是被遗忘的一个群体。而林黛玉的内心世界,就是被边缘化的,她的孤芳自赏来源于没有人懂得并且欣赏她的生命。

爱是人生最大的孤独寂寞

曹雪芹笔下的秋天,美到了读者的骨子里。虽然比不上脍炙人口的黛玉葬花、宝钗扑蝶,但是在《红楼梦》第四十五回中,我看到了不寻常的林黛玉。

林黛玉的孤高自傲,在大众眼中或许显得不近人情。但是林黛玉这么一位极具美感的角色,在第四十五回忽然靠近了我们。

在这一回,你会发现生活中那些极端的东西忽然没有了。在这个秋风微凉、夜复见长的晚上,我们随着曹雪芹文字进入一个暖心的深秋之夜。

林黛玉因为身子不好,正逢秋季,咳嗽加重了。"(黛玉)近日又复嗽起来,觉得比往常又重,所以总不出门,只在自己房中将养,有时闷了,又盼个姊妹来说些闲话排遣;及至宝钗等来望候他,说不得三五句话又厌烦了。"

读到这里，你是否觉得我们在现实生活中就是如此？有时候想要这样，但是碍于周遭种种限制，我们便不得不端起来，戴着一副面具，将自己全副武装起来。

其实有时候我们的生活真的非常缺乏真心。我们看到的往往都是形形色色的脸谱，以至于让我们觉得生活像雾里看花，水中望月。在我心中，我一直把林黛玉当成一个普通的生命看待，林黛玉的冷、林黛玉的冰，正是生活的水深火热让她不得不变得如此。

再厉害的人，在他的人生中，最难度过的就是孤单。曹雪芹把林黛玉特有的孤独安排在这么一个深秋的夜晚。然而，这个夜晚并不像往常那样"自古逢秋悲寂寥"，薛宝钗的到访瞬间让这个秋夜温暖了起来。

林黛玉对薛宝钗态度转变最明显就是在这个夜晚。闺中寂寞的林黛玉，病中愈加感受到秋夜的寂寥。有一个很有趣的现象，越是让你心有芥蒂的人，常常是你生活越需要的人。病中的林黛玉因为一时闲闷，忽然想见素日心中不怎么待见的薛宝钗。有时候在现实生活中，情感的需求和生活的环境往往背道而驰，感情这个东西是非常矛盾的，或许这就是爱恨两难全吧。

忽然薛宝钗就这么来了，见面就是关心体贴的话：

"这里走的几个太医虽都还好,只是你吃他们的药总不见效,不如再请一个高明的人来瞧一瞧,治好了岂不好?每年间闹一春一夏,又不老又不小,成什么?不是个常法。"薛宝钗是真心来看林黛玉的,但是她并不知道林黛玉的病是因爱生忧所致。

痴爱便是一种病,《维摩诘经》中说:"从痴有爱,则我生病。"这话一点不假,就像林黛玉自己说的那般——"不中用,我知道我这样病是不能好的了"。前世的痴、今生的爱,薛宝钗是永远不会懂林黛玉和贾宝玉之间的感情,就像还泪那样,也只有林黛玉一人流泪,别人是替代不了的,所以爱就像林黛玉的泪一样,自己的爱自己去孤独,别人是帮助不了的。

由此一说,爱必须独自一人去体悟,爱是人生最大的孤独寂寞。我相信不仅仅是薛宝钗不懂,我们任何人都没有资格说懂得林黛玉。

一番对话之后,薛宝钗建议林黛玉要采用燕窝滋阴补气,却不料林黛玉说出了自己的心里话:"你素日待人,固然是极好的,然我最是个多心的人,只当你心里藏奸。从前日你说看杂书不好,又劝我那些好话,竟大感激你。往日竟是我错了,实在误到如今。细细算来,我母亲去世的早,又无姊妹兄弟,我长了今年十五岁,竟没一个人象你前日的话教导我。怨不得云丫头说你好，我往日见他赞你，我还不受用，昨儿我亲自经过，才知道了。比如若是你说了那个，我再不轻放过你的；你竟不介意，反劝我那些话，可知我竟自误了。"林黛玉讲完这话，将心结都解开了。林黛玉忽然把内心的世界敞开了，也就是因为一句话的感动，曾经那些冰封的东西，此刻忽然有了暖心的温度，那些坚硬的东西，也开始慢慢消融了。林黛玉说，"往日竟是我错了，实在误到如今"，然后又说，"反劝我那些话，可知我竟自误了"。两个提到"误了"，可见薛宝钗的到来，真是让林黛玉"悟了"。

有时候，人与人之间的那层膜，其实真的很薄很薄，但是我们就是不愿意去把这层隔阂的膜给捅破，以至于我们对对方的世界带有猜疑。这是在深秋之夜，两位小女孩之间的交心，而曹雪芹却写出了我们的生活。我们之所以孤独，是因为我们把自己在人群之中孤立起来；我们之所以寂寞，是因为我们对周遭的冷漠。曹雪芹虽然是在写秋夜阁中的对话，但是他也写出我们与生活之间的对话。

林黛玉天生喜散不喜聚，常被人认为孤傲。但是，这样的一位女子，其实是极具柔情的，她的美可以让你

去怜惜和怜爱。

接下来转折性的一面出来了,薛宝钗的探望和关心,彻底颠覆了林黛玉的性格。有人说,暖人心是薛宝钗的撒手锏。俗语说得好,"温柔刀,刀刀要人性命"。这不光对男人管用,对女人也是通杀的,但是此刻在曹雪芹的笔下,并非如此。

黛玉忙笑道:"东西事小,难得你多情如此。"宝钗道:"这有什么放在口里的!只愁我人人跟前失于应候罢了。只怕你烦了,我且去了。"黛玉道:"晚上再来和我说句话儿。"宝钗答应着便去了,不在话下。

因为薛宝钗素来知道林黛玉喜散不喜聚的性格,此番探望,虽然和黛玉聊得投缘,依旧时时刻刻照顾着黛玉的感受。"只怕你烦了,我且去了"一句,可见薛宝钗的贴心之处。

从这些细节,我们可从薛宝钗的身上学到很多做人的道理。一个人之所以可怜,必定有他可恨之处;同样,一个受欢迎的人,也必定有他过人之处。薛宝钗的过人之处就是懂得适可而止。人与人之间必当如此,朋友之间更是不可马虎。

我之所以敢这么说,是因为黛玉接下来的举动着实让读者眼前一亮，感到惊讶。黛玉道："晚上再来和我说句话儿。"试问黛玉何曾这么热情过？喝酒喝冷酒，芒种节大家都在送春，唯独黛玉在葬花，黛玉对生命的表现方式永远都是超然物外的，而此刻的林黛玉却有点人间烟火的味道，忽然有了常人的温度。

其实这就叫人之本性。一个人之所以在大众眼中像神话，是因为大众往往喜欢人云亦云所致。曹雪芹不会塑造一个神一样的角色，不管是人还是神，他们都会孤独，毕竟他们都有爱。

爱是人生最大的孤独寂寞。薛宝钗看完黛玉，接着又是贾宝玉。贾宝玉一阵阵的嘘寒问暖，话间和林黛玉嬉笑，还时不时关心着林黛玉，凡事都是毕恭毕敬，万般迁就。虽然林黛玉和贾宝玉的爱情让我们悲伤，林黛玉的红颜薄命也让我们惋惜，但是在第四十五回中，字里行间洋溢着林黛玉的幸福感。在这一回中，曹雪芹用极其温暖的文字，润着林黛玉的心，也润着读者和林黛玉的情。

人心一旦被感化，就容易变得温暖。素日的林黛玉别说是奴才了，就是主子让她不顺意，她都不会有好言语。好脾气的薛宝钗曾捏着她的脸说过，颦儿的这张嘴真是让人又恨又爱。但是在第四十五回中，林黛玉忽然

对下人通情达理了。

蘅芜苑的一个婆子打着伞提着灯,替薛宝钗给林黛玉送了一大包上等燕窝,还有一包子洁粉梅片雪花洋糖。说:"这比买的强,姑娘说了:姑娘先吃着,完了再送来。"黛玉道:"回去说'费心'。"

此刻的林黛玉极具人情味,一方面因为蘅芜苑薛宝钗适才的探望,另一方面也因为此刻的林黛玉被薛宝钗和贾宝玉的一番体贴给感化了。

人之所以冷漠,是因为经常被忽略。边缘化的人是最孤独的,因为他们是被遗忘的一个群体。而林黛玉的内心世界就是被边缘化,她的孤芳自赏来源于没有人懂得并且欣赏她的生命,林黛玉身在浑浊的家庭之中,但灵魂是圣洁的,在这洁与浊之间,林黛玉是矛盾的,更是被边缘化的。

林黛玉命婆子外头坐了吃茶。婆子笑道:"不吃茶了,我还有事呢。"黛玉笑道:"我也知道你们忙,如今天又凉,夜又长,越发该会个夜局,痛赌两场了。"一向对外界不关心的林黛玉,此刻的体贴,无不充盈着贾宝玉和薛宝钗的关爱。接下来,林黛玉更是笑道:"难为你。误了你发财,冒雨送来。"命人给了婆子几百钱,打些酒吃,避避雨气。

其实也只有看到这里,我们才会更加明白一个道理:爱才是红尘中最伟大的修行!

两种打赏的态度

在《红楼梦》第四十五回中,林黛玉打赏婆子的这一段,一改她往常的举动。

《红楼梦》中有许多打赏下人的情节,比如贾母打赏戏子,宝玉犒赏仆人等,但是在曹雪芹的笔下,邢岫烟这位女子打赏下人的事情却以另一角度出现。

第五十七回有一段这样的描写:这日宝钗因来瞧黛玉,恰值岫烟也来瞧黛玉,二人在半路相遇。宝钗含笑唤他到跟前,二人同走至一块石壁后,宝钗笑问他:"这天还冷的很,你怎么倒全换了夹的?"

薛宝钗的无微不至真的不是做给谁看的,她的细致是任何人都比不了的。接下来,薛宝钗见邢岫烟低头不答,宝钗便知道又有了原故,晓得邢岫烟月钱又不够用了。

岫烟道："他倒想着不错日子给，因姑妈打发人和我说，一个月用不了二两银子，叫我省一两给爹妈送出去，要使什么，横竖有二姐姐的东西，能着些儿搭着就使了。姐姐想，二姐姐也是个老实人，也不大留心，我使他的东西，他虽不说什么，他那些妈妈丫头，那一个是省事的，那一个是嘴里不尖的？我虽在那屋里，却不敢很使他们，过三天五天，我倒得拿出钱来给他们打酒买点心吃才好。因一月二两银子还不够使，如今又去了一两。前儿我悄悄的把绵衣服叫人当了几吊钱盘缠。"

薛宝钗就是《红楼梦》中的及时雨，她的关怀，在那个风雨秋夜，感化了林黛玉的冰冷，使一向对外界事物不关注的林黛玉忽然变得体贴。蘅芜苑的一个婆子给林黛玉送了一大包上等燕窝和一包子洁粉梅片雪花洋糖，原本不屑一顾的林黛玉忽然客气了起来，还担心夜半婆子送东西，会耽误晚上夜局痛赌，还命人给那婆子几百钱，打些酒吃，避避雨气。

而在五十七回中，又通过薛宝钗带出了邢岫烟。邢岫烟的命运和林黛玉有点相同。林黛玉因母亲早亡，贾母疼爱，便寄养在贾母膝下，而邢岫烟则家道贫寒，一家人前来投奔邢夫人，两人都有外戚之故。

但是两人在府中，邢岫烟和黛玉完全是两回事。林

黛玉虽然不招王夫人待见，但是因为有贾母在，王夫人还是要顾及她的起居饮食，虽是投奔而来的，对于外戚来说，可以算得上府上得宠的主子待遇。而邢岫烟就不同了，心狠的邢夫人其实对邢岫烟并不真心疼爱，只不过碍于脸面之情。这从大冷天邢岫烟还衣着单薄就可以看出。而邢岫烟对薛宝钗说的"因姑妈打发人和我说，一个月用不了二两银子，叫我省一两给爹妈送出去，要使什么，横竖有二姐姐的东西，能着些儿搭着就使了"更体现出这一点。

邢夫人的意思是，"你姐姐的东西用完了，你这个做妹妹的可以接着用"。这话听起来像极了电视剧里后妈对继子说话的口吻。从邢岫烟和薛宝钗的对话，我们可以看出生活拮据的邢岫烟，为了打发那些下人们，时不时还要给那些难缠的下人们封口费，这样一来岂不是雪上加霜，逼得邢岫烟不得不把绵衣服当了换几吊钱。

同样是外戚投奔，林黛玉是打赏，邢岫烟是打发，截然不同的两种待遇，当然她们最后的命运也是不同的。

相比邢岫烟，林黛玉的日子还不算太苦。对比两人的结局，林黛玉是先甜后苦，而邢岫烟端雅稳重、知书达礼，被薛姨妈看中，最后嫁给了薛科，可以说是先苦后甜。

先甜后苦是痛楚，先苦后甜是幸福。曹雪芹通过薛宝钗的眼睛，照出了截然不同的两种人生。

身不苦则福禄不厚，心不苦则智慧不开。邢岫烟和林黛玉这两位外戚，虽然都有不同的使命感，被赋予了不同的命运安排，但是她们的遭遇却给了我醍醐灌顶的开示。

《红楼梦》不仅仅是笔墨游戏，处处都是生活的写照和开示。其实，在我们的生活中，到处都是伏笔和暗示，只是我们愚钝，缺乏一双发现的眼睛。而曹雪芹却借薛宝钗的细致写出了这样的一面。读起来是多么的不经意，却又是多么的在意。

薛宝钗的处世智慧

在秦可卿的房间里,有一副对联:世事洞明皆学问,人情练达即文章。这大概就是国人的生存法则。

其实在整个体系庞杂的贾府内,真是树欲静而风不止,独善其身尚且很不容易,就更谈不上拉人一把雪中送炭了。

但是在《红楼梦》众多女子中,薛宝钗做到了。她不仅有锦上添花的能力,还能为这样盘根错节的家族雪中送炭,可见此女子绝非一般。

相比林黛玉,薛宝钗的社交活动明显要多许多。林黛玉是深居简出的人,而薛宝钗就是一个喜欢串门子的人。薛宝钗是一位极其有智慧的女子,王熙凤的聪明较于薛宝钗的智慧,真真差了几层。所以我经常说,聪明不等同智慧,智慧绝对高于聪明。

相比王熙凤,薛宝钗眼观六路耳听八方的能力真是登峰造极。她通过一系列的人我接触,对从各个角度搜集到的信息加以分析利弊,或许这跟薛宝钗皇商的家庭背景有关,这使她具备了一般女子所没有的机敏。

元春在整本书中出场的次数并不多,宝玉在试才之时,曾为怡红院提名"红香绿玉",后来元春不喜欢这个,改名叫"怡红快绿",并赐名"怡红院"。元春省亲之时,众姊妹应命题而作诗,贾宝玉也在其中,并作"深庭长日静,两两出婵娟。绿玉春犹倦,红妆夜未眠。凭栏垂绛袖,倚石护青烟。对立东风里,主人应解怜"五言诗。一旁的薛宝钗提醒宝玉元春不喜欢"绿玉",并帮助江郎才尽的贾宝玉改为"绿蜡",获得了贾宝玉"一字师"的赞叹。由此可见,薛宝钗的细致入微。

同为投靠,较于林黛玉、邢岫烟、史湘云,薛家的腰板还算是挺硬的,一切用度都是自给自足。俗话说,"吃人家的嘴短,拿人家的手软",薛姨妈深知这个道理,相信精明的薛宝钗也是如此。但是清高总是要付出代价的,皇商出身的家庭,已经开始走下坡路了。薛家进贾府,其实也是来间接性的投靠,因为有个不着调的哥哥薛蟠,所以家中大小事务,基本已经交付到薛宝钗的身上。自然,分内的女工、分外的事务打理,都需要薛宝钗一一照应。

薛宝钗是敏锐的。她通过对史湘云的观察，就知道史湘云的家境经济拮据，雇不起人，所以闺房的针线活都是史湘云自己干，袭人劳烦史湘云针线上的活，一旁的薛宝钗立马劝住袭人不要给史湘云雪上加霜。

可见薛宝钗在处理人情之间的关系上，独有一种别人没有的本事。

薛宝钗是体贴的。如深秋之夜，薛宝钗冒雨探望生病的林黛玉，并让婆子给林黛玉送上燕窝；贾宝玉因为戏子，遭受父亲贾政的毒打，每个人都殷勤地探望，哭啼个不停，唯独薛宝钗落实到实处，给贾宝玉送来了上好的棒疮药，并教袭人如何使用。

在感情与礼仪之间、在文学艺术的浪漫和现实用之间，薛宝钗有一道很明确的楚河汉界。

薛宝钗是圆融的。赵姨娘是出了名的恶毒，嘴上不讨人好的主儿，但是赵姨娘也是一百二十个夸赞薛宝钗的好："怨不得别人都说宝丫头好，会做人，很大方，如今看起来果然不错，他哥哥能带多少东西来，他挨门送到，并不遗漏一处，也不露出谁薄谁厚。连我们这样没时运的他都能想到，要是那林丫头，他把我们娘俩个正眼也不瞧，哪里还肯送我们东西？"

薛宝钗是圆通的。众姊妹发起诗社，看似一件非常文雅的事情，但如果没有一定的经济来源，也难办成，史湘云加入书社的时候，自告奋勇地先邀一社，但是她经济拮据，早已是入不敷出了。薛宝钗体人之难处，替史湘云筹办独具特色的螃蟹宴，薛宝钗考虑得很周到，她知道大家喜欢吃螃蟹，这样一来，既深得长辈们的欢心，大家又玩得愉快。甚至整个活动薛宝钗全程策划，她担心自己的用心会让史湘云尴尬，还刻意嘱咐史湘云"千万别多心"。

面对处理长辈的事情，薛宝钗更懂得不僭越，分寸拿捏得极好。"王夫人见中秋已过，凤姐病已比先减了，虽未大愈，可以出入行走得了，仍命大夫每日诊脉服药，又开了丸药方子来配调经养荣丸。"这副药材要用上等人参二两，王夫人自己在房中翻寻了半日，只向小匣内寻了几枝簪挺粗细的，甚是不满意，两次寻找都不得，便抱怨说："用不着偏有，但用着了，再找不着。成日家我说叫你们查一查，都归拢在一处。你们白不听，就随手混撂。你们不知他的好处，用起来得多少换买来还不中使呢！"这时雪中送炭的薛宝钗又出现了："姨娘且住。如今外头卖的人参都没好的。虽有一枝全的，他们也必截做两三段，镶嵌上芦泡须枝，掺匀了好卖，看

不得粗细。我们铺子里常和参行交易，如今我去和妈说了，叫哥哥去托个伙计过去和参行商议说明，叫他把未作的原枝好参兑二两来。不妨咱们多使几两银子，也得了好的。"

当然，薛宝钗的出现解了王夫人的燃眉之急，但是让王夫人面子上过不去，所以王夫人说是"卖油的娘子水梳头"。宝钗认为这东西虽然值钱，究竟不过是药，原该济众散人才是，便劝王夫人说，咱们比不得那没见世面的人家，得了这个就珍藏密敛的。喜得王夫人连忙点头说这话极是。

薛宝钗安慰人极具水平。就拿金钏跳井的事件来说，王夫人吓得哭成了泪人，早有耳闻的薛宝钗来到了王夫人的住处，只见鸦雀无闻，独有王夫人在里间房内坐着垂泪。宝钗便不好提这事。当王夫人问薛宝钗可知道一桩奇事，金钏儿忽然投井死了的时候，薛宝钗的回答就非常有意思了："怎么好好的投井？这也奇了。"

薛宝钗为什么会这个时候到王夫人这里？是因为薛宝钗在袭人那里岔门子，从婆子嘴里听说："这是那里说起！金钏儿姑娘好好的投井死了！"并且婆子还八卦道："就是太太（王夫人）屋里的。前儿不知为什么撵他出去，在家里哭天哭地的，也都不理会他，谁知找他不见了。刚才打水的人在那东南角上井里打水,见一个尸首,赶着叫人打捞起来,谁知是他。他们家里还只管乱着要救活,那里中用了!"

其实,从婆子的八卦中薛宝钗已经知道金钏跳井是和王夫人有关联的,只不过是婆子的片面之词。但是俗话说,苍蝇不叮无缝的蛋,如果王夫人不这样做,婆子也不会这么传。也有这么一句话,"流言止于智者"。相比之下,薛宝钗就是古人的第二句话。

薛宝钗之所以来,并不因为八卦。向来只有躲是非的,哪还有寻是非的?大观园抄检,在惜春这边搜到了司棋私情的物件,惜春和尤氏争吵,说:"我一个姑娘家,只有躲是非的,我反去寻是非,成个什么人了!"由此可见,薛宝钗和惜春完全是两种类型的人。

薛宝钗问王夫人金钏怎么好好的却要投井,是相当有水平的。如果换成是你,你会如何回答王夫人的问题?是不是想都不想就说,是在袭人那里听到的?对比薛宝钗,你是否觉得她更有智慧一些?如果薛宝钗说是在袭人那里听到的,是不是把袭人给害了?所以我说做好事需要有智慧,没有足够的智慧往往就会好心办坏事,自己还纠结。

接下来从薛宝钗安慰王夫人的话,可见薛宝钗的大家风范:"姨娘是慈善人,固然这么想。据我看来,他并不是赌气投井。多半他下去住着,或是在井跟前憨顽,失了脚掉下去的。他在上头拘束惯了,这一出去,自然要到各处去顽顽逛逛,岂有这样大气的理!纵然有这样大气,也不过是个糊涂人,也不为可惜。"

金钏跳井和王夫人有直接的关系,但是薛宝钗这样轻描淡写的,竟然就过去了。最为关键的是王夫人内心多有不安,薛宝钗便劝说王夫人不必念念于兹,十分过不去,不过多赏几两银子发送他,尽主仆之情即可。

从薛宝钗和王夫人的对话之中,你会发现薛宝钗有着与她年龄不符的成熟与稳重。在王夫人面前,她能让一个对生命死亡畏惧的女人瞬间改变了看法,这是一般人做不到的。

晴雯的感情跨越

生活中最大的心灵震撼往往来源于那些微小的人物做出让你意想不到的事情。《红楼梦》中晴雯这一位女子，让我对她心生敬畏。

在《红楼梦》中，有一件事情特别让我感动。在极冷的深夜之中，晴雯这位娇滴滴的女子，拖着病身为贾宝玉补雀金裘。这种举动在没有任何异性暧昧的举动中，晴雯克服了肉体的病痛，在这个极寒之夜，一针一线地为贾宝玉的雀金裘缝补完美。

《红楼梦》中有两个世界——灵与肉的世界。对于灵，我们可以多方面理解，比如灵气、灵动、钟灵毓秀等，比如林黛玉、薛宝钗、妙玉等，这些都是属于灵的世界；而对于肉，就不明思议了，比如嚼皮、嚼肉、嚼性、酒肉等，比如薛蟠、贾琏、贾赦等，这些都是酒肉的世界。但是在《红楼梦》之中，只有一个处于中间地带的人，

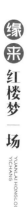

那便是贾宝玉。

生活中总有那些被我们忽略的小人物,在《红楼梦》的世界中,我想晴雯就属于灵性的这个世界吧。

被烧了窟窿的雀金裘,不但织补匠人没辙,就连裁缝绣匠并作的女工都不敢接这活,可见这裘衣的贵重。有眼光的晴雯一眼就看出了是孔雀金线织的,雀金裘估计就是孔雀裘,这裘衣的料是拿孔雀毛拈了线织的。在清初叶梦珠的《阅世编》里有记载:"今有孔雀毛织入缎内,名曰毛锦,花更华丽,每匹不过十二尺,值银五十余两。"只是明朝的孔雀羽毛织进丝线的工艺,后来就失传了。

其实在这里,曹雪芹的目的并不在于强调这件雀金裘的价值不菲,而是在这个火烧眉毛的关头,生病的晴雯挺身而出,确实是大家所意想不到的。一屋子的人,唯独晴雯会界线,但是此刻偏偏是个病晴雯,怜得宝玉说这如何使得,才好了些,如何做得活?

最让我感动的其实还是晴雯的一番话:"说不得,我挣命罢了!"晴雯永远都是一个不服命的女人,但是在宝玉面前,他却说"挣命"的话。在这个深夜,晴雯一面说,一面坐起来,挽了一挽头发,披了衣裳,只觉头重身轻,满眼金星乱迸,实实撑不住。若不做,又怕宝玉着急,少不得恨命咬牙捱着。换成是林黛玉,或许真是做不到,而晴雯这位女性温柔而坚强,强势却明理,但她的心思全都无条件地交给贾宝玉。这样一个小人物所做的事情,让你震撼而又有所感动。

在这个深夜中,晴雯用一针一线在和贾宝玉对话。这样的一位女子,在现实生活之中,不卑不亢,她内心的澄明又把人我之间的感情显得那般干净。虽然相比林黛玉、薛宝钗这样的才女,晴雯不识字,不会作诗,更谈不上什么是风雅,但是晴雯的柔弱与刚强,在她的一针一线之中,不比那些一字一句作诗的才女们差到哪里,甚至更让人感动,这个是比她身份高一级的袭人所做不到的,更不是那些小姐们能做得到的。

(晴雯)补两针,又看看,织补两针,又端详端详。无奈头晕眼黑,气喘神虚,补不上三五针,伏在枕上歇一会。宝玉在旁,一时又问:"吃些滚水不吃?"一时又命:"歇一歇。"一时又拿一件灰鼠斗篷替他披在背上,一时又命拿个拐枕与他靠着。急的晴雯央道:"小祖宗!你只管睡罢。再熬上半夜,明儿把眼睛抠搂了,怎么处!"

晴雯的针针斟酌,真是像极了林黛玉作诗的字字斟酌,此刻晴雯和宝玉之间的感情碰撞和视线的交流是最

真切的。曹雪芹用了一种暧昧的文字表露内心情感，写出了生命中最干净、最无邪的人我关系。

在《红楼梦》的两性世界中，我们看到的不是儿女私情，就是性情色欲，在集浑与浊于一体的贾宝玉，很少有人能注意到他和晴雯之间这种超越两性的男女关系。这个是王夫人难以看到的，更是我们读者难以察觉的。

叁·人缘

放下执着的东西

"霁月难逢，彩云易散，心比天高，身为下贱。风流灵巧招人怨，寿夭多因毁谤生，多情公子空牵念。"晴雯的命运，在贾宝玉的手中摊开了。《红楼梦》在无数读者手中阅读之后，最为朗朗上口的便是"心比天高，身为下贱"，这是对晴雯活最恰当的评价。

古人常说切莫妄自菲薄，晴雯就是一个从来不妄自菲薄的女子，相比林黛玉，身份高贵的林黛玉却内心自卑，而身份低微的晴雯却是不屈不挠，她和林黛玉形相似，却心不相似，天壤之别的两个人。

晴雯的傲慢更多来源于骨子里的高贵，她从来不会因为自己身份的下贱而妄自菲薄。有一回中，她看到坠儿蹭了进来，便道："你瞧瞧这小蹄子，不问他还不来呢。这里又放月钱了，又散果子了，你该跑在头里了。你往前些，我不是老虎吃了你！"坠儿听到晴雯的臭骂不知

所措,只得前凑。晴雯便冷不防欠身一把将他的手抓住,向枕边取了一丈青,向他手上乱戳,口内骂道:"要这爪子作什么?拈不得针,拿不动线,只会偷嘴吃。眼皮子又浅,爪子又轻,打嘴现世的,不如戳烂了!"坠儿疼得乱哭乱喊。

晴雯之所以这样做,或许多半是恨铁不成钢。同为下人的坠儿,手脚不干净,偷拿镯子。晴雯却认为身份的下贱并不要紧,最重要的是内心千万不能下贱。同为女性,她之所以这样对待坠儿,其实真是有种长辈对晚辈体罚的那种感觉。

书中,晴雯有两个故事,却都是残缺的,但是两个故事集中在同一人身上,却又是完美的。第一个故事是晴雯撕扇,第二个故事是晴雯补裘。

端午节王夫人办酒席,大家却闹个不欢而散。贾宝玉闷闷不乐,回家后是晴雯前后服侍。不料晴雯又把宝玉的扇子跌在了地上,将股子折断了,气得宝玉连骂了两声"蠢材"。这下可好,晴雯这暴脾气哪能容得下宝玉的这般臭骂,不卑不亢地回了一句:"二爷近来脾气大的很,行动就给脸子瞧。"

随后就是晴雯撕扇。一把扇子,在晴雯的手中就这么被破坏，用贾宝玉的话来形容："古人云，'千金难买一笑'，几把扇子能值几何！"晴雯的这番举动，或许在别的下人眼中是僭越，是暴殄天物，但是在晴雯和贾宝玉之间，推倒了主与仆之间的那堵封建的厚墙，晴雯在捍卫自己生而为人的尊严。千金难买一笑，这一刻与其说是在写晴雯撕扇，还不如说是在写贾宝玉体验到生命的可贵之处，将上一刻对外在虚妄的执着，转换到下一刻生命的觉悟。所以他把起初对扇子的执着之心，让晴雯一步步去践踏，然后体悟到生命的无价之处。晴雯撕扇是晴雯在为生命革命，或许她在告诉我们，人生中我们执着的那些东西，最后都会在成住坏空之中轮回，晴雯撕扇讲的就是生命执着于残缺。

曹公真的在晴雯身上投入了太浓厚的人生体悟，如果说晴雯撕扇是讲执着残缺，那么晴雯补裘就是在讲我们在残缺之中体悟圆满。在破坏和维修之中，这样的戏码曹公安排在了晴雯的身上。这一切是那么极具智慧。

容不得半点对生命的懈怠

有人说晴雯是林黛玉的牺牲品。对于这句话，我是非常的不赞同。那么，林黛玉又是谁的牺牲品呢？生命中所有的相遇，都是久别的重逢。缘起缘灭自有定数，每个人生活的所知和所做都有自己的态度。晴雯在她的生命之中，自然有她的定数，也有她对生命认识的态度。

其实整本《红楼梦》来看，曹公对晴雯可谓下足了笔墨。可能在曹公的内心深处，他把一个完美的林黛玉形象拆成了两半，一半给了林黛玉，另一半给了晴雯。

还记得周瑞家的给姑娘们送宫花的时候，林黛玉与其他女子不同。周瑞家的把宫花最后送到了在宝玉那里玩的林黛玉，说："林姑娘，姨太太着我送花儿与姑娘带来了。"宝玉听说，便先问："什么花儿？拿来给我。"

曹公写得非常微妙，一般爱美的少女见到这些女孩子们的装饰，会情不自禁地拿来看。但是这里曹公倒是写出贾宝玉的激动，反而一旁的林黛玉只就宝玉手中看了一看，便问道："还是单送我一人的，还是别的姑娘们都有呢？"

林黛玉依旧对美好有追求，但是在林黛玉的内心世界中，她认为生命中，有些东西是不容和别人分享或是共享，她认为生命有些时候是需要独立的，同时林黛玉对美的追求也是独一无二的。所以当周瑞家的说别的姑娘都有的时候，林黛玉的第一反应就是冷笑道："我就知道，别人不挑剩下的也不给我。"

在林黛玉的认知中，她认为生命的不可代替是不容别人分享，恰恰和晴雯有异曲同工之处，她们都有生命不容他人亵渎的共同点。而人穷志不穷的晴雯也是容不得别人对她的半点怠慢。

秋纹得了王夫人赏赐的两件旧衣服，自是满心欢喜。晴雯笑道："呸！没见世面的小蹄子！那是把好的给了人，挑剩下的才给你，你还充有脸呢。"乍一看还以为是女人间争风吃醋的那些话。秋纹道："凭他给谁剩的，到底是太太的恩典。"当然女人嘴里的芭蕉扇扇出来的醋风，那可是得理不饶人的，秋纹更不是不甘示弱。晴雯道："要是我，我就不要。若是给别人剩下的给我，

也罢了。一样这屋里的人,难道谁又比谁高贵些?把好的给他,剩下的才给我,我宁可不要,冲撞了太太,我也不受这口软气。"看看这语气,简直活生生的一个林黛玉。晴雯和林黛玉都将生命看为同等,不容生命出现分别。

这不是自私,每个人都有属于自己的不可让任何人打扰和窥视的空间。这不是执着,而是生命中本有的自觉。

一场属于晴雯的葬花礼

叁·人缘

读《红楼梦》，曹公的一字一句就像是经文的开示一样，让我学会了放下心中的执着。《红楼梦》字字珠玑，无疑像参禅那般没有言语，却能让人释然。

林黛玉的葬花故事早已脍炙人口。我以前经常会问一些喜欢《红楼梦》的读者，是否觉得黛玉葬花很美。当然大家都说美。但是当我问起为什么会美的时候，大家却给不出任何能说服我的答案。

黛玉葬花真的很美。为什么我们会觉得很美呢？其实原因很简单，因为我们都对生命产生了共鸣，因为我们和黛玉一样，都觉得生命如同花一样会有一场凋零，所以我们眼中黛玉葬花的美是凄美，是对生命的一种情绪上的感叹。

我们的生命、我们的情绪、我们的灵魂，就像是黛

玉葬的花一般。我们将自己的情绪建立在对外在的感知上，别人的举手投足往往导致我们情绪波动。我们把灵魂寄托在这具会死亡的躯壳之中，一旦躯壳死去，灵魂就像飘零的桃花一样，无所依附。

林黛玉虽然怕孤单、怕凋零，但是她还是提前为自己的生命举行了一场葬礼。林黛玉对生命是非常有前瞻性的，尽管生活中有她所执着的、放不下的、害怕的事物，但是面对死亡，林黛玉十分坦然，她将自己曾经那些美好的诗篇，一张张在自己生命即将结束的时候用火烧掉。在她少女青春美好的时候，尽管她恐惧生命的无常，她也提前为自己的青春，为自己的美好做了一场葬礼。黛玉的这般举动，是对我的开示。她让我彻底明白，生命中你最执着的东西，在面对死亡时都不值得你去执着。

林黛玉是《红楼梦》中一位伟大的女子。这位女子之所以伟大，是因为在生命之中、在无常之中，她能看破一切，放下那份难割难舍的包袱，让自己的灵魂独立起来。

不仅仅林黛玉做到了，其实晴雯也做到了。

晴雯生病后被王夫人赶了出来。宝玉悄悄去探望晴雯，却见晴雯已经是病入膏肓了。晴雯见到宝玉，扶枕道：

"快给我喝一口罢！这就是茶了。那里比得咱们的茶！"宝玉听说，先自己尝了一尝，并无清香，且无茶味，只一味苦涩，略有茶意而已。尝毕，方递与晴雯。只见晴雯如得了甘露一般，一气都灌了下去。

无论昔日的晴雯是心比天高，还是王夫人眼中的妖妖娇娇，在生命即将结束的时候，晴雯的离开略显凄凉，道尽了权贵的凉薄之情。其实晴雯同林黛玉都是一样的，活着的时候有生命的态度，在面对无常的时候，她们都有命数，这个是任何人改变不了的，我想曹公虽有不忍，但是在无常面前，也无能为力。

（贾宝玉）一面想，一面流泪问道："你有什么说的，趁着没人告诉我。"晴雯呜咽道："有什么可说的！不过挨一刻是一刻，挨一日是一日。我已知横竖不过三五日的光景，就好回去了……"油尽灯枯，任你有什么好说的，都由不得你去说，或许这一点宝玉还是迷惑不解的，但是晴雯确实看开了，所以她说"有什么可说的"。她知道自己想挽留的已然是留不住了，但是晴雯看得还不够透，所以她接着说："只是一件，我死也不甘心的：我虽生的比别人略好些，并没有私情密意勾引你怎样，如何一口死咬定了我是个狐狸精！我太不服。今日既已担了虚名，而且临死，不是我说一句后悔的话，早知如此，

我当日也另有个道理。不料痴心傻意,只说大家横竖是在一处。不想平空里生出这一节话来,有冤无处诉!"美丽也是一场罪,不需要任何的解释,但是当局者迷。林黛玉《葬花词》第一句——"花谢花飞花满天,红消香断有谁怜?"或许就是另外一番对美丽罪的解释,在生命凋零的那一刻,生命的死亡又有谁的怜惜,林黛玉在质问这些怜惜又能挽回什么吗?放在晴雯的身上,更是如此。

"未若锦囊收艳骨,一抔净土掩风流。"宝玉拉着他的手,只觉瘦如枯柴,腕上犹戴着四个银镯,心痛地说:"可惜这两个指甲,好容易长了二寸长,这一病好了,又损好些!"春残花渐落,春尽红颜老,最终都是尘归尘,土归土。生前的强势、执着、美丽、坚强和风流,最终都是黄土堆成土馒头,一切都将不复存在。

最终晴雯这个姑娘像黛玉葬下的花一样,凋零了,但是晴雯为自己的"葬花礼"开始了:"晴雯拭泪,就伸手取了剪刀,将左手上两根葱管一般的指甲齐根铰下。"晴雯是最爱自己的指甲的,或许指甲就是晴雯生命态度的一种象征,但是在此刻,晴雯果断地将自己的指甲铰下,将那份曾经最为珍贵的东西割舍。在与肉体分离的那一刻,晴雯顿悟了,更准确地说是释然了。

我们每个人都会对肉体执着，灵魂就像是桃花一般，虽然寄托在肉体之内，最终都是要与肉体分离而凋零，所以林黛玉埋葬的是自己的肉体。晴雯的指甲，她将所有的心思、希望都寄托在这里，但是在生命即将结束的时候，她不曾将这些带走。每次看到晴雯铰指甲的这一章节，我都会想起释迦摩尼佛曾经割肉喂鹰的故事，这是林黛玉和晴雯在断舍离上对我的开示，也是灵魂深处的觉悟与觉醒。

肆 习缘

一个男人摆不平的事情,就让女人作为替死鬼,我觉得这是一件非常恐怖的事情。女人永远都是男人的挡箭牌,大事处理不好,需要女人出面和亲才能保住国家,甲马休征,百姓不会阵败伤亡,当国家破灭之后,所有的责任推脱都是女人水性杨花、红颜祸国。

古今之情便多风月之债

读到《红楼梦》第五回的时候，我认为曹雪芹在现身说法，为大家开示"一切有为法，如梦幻泡影，如露亦如电，应作如是观"。

在这一回中，宝玉做了一场春梦。梦中他遇见了很多女子，他在梦中看到了自己身边女子的命运，有所思，却没有所悟。

在梦中，贾宝玉听到"春梦随云散，飞花逐水流，寄言众儿女，何必觅闲愁"的女子歌声。云乃飘散无常之物，花乃开谢无常之物，其实这首歌词就是在告诉我们世间的无常之理。既然是梦幻之物，我们为什么还要去寻觅烦忧和闲愁呢？

"宝玉见是一个仙姑，喜的忙来作揖问道：'神仙姐姐不知从那里来，如今要往那里去？也不知这是何处，

望乞携带携带。'"从哪里来,到哪里去,这是在问生死的源头。我觉得《红楼梦》妙极了,书中的智慧圆融无碍,总能在其中感悟到些许,宝玉的问题直接是叩问生命的源头。仙姑带贾宝玉来到一个地方,这个地方的名字叫"太虚幻境",有一切皆为虚幻的意思。

太虚幻境的对联非常有意思,"假作真时真亦假,无为有处有还无"。这副对联极具智慧,曹雪芹就是要告诉我们,眼耳鼻舌身意所触及的,未必都是真实不虚的,万法皆空,唯有因果不空,任何事物都虚幻不实,理体空寂明净,都是因缘和合而生。太虚幻境就是生命的源头,一切虚幻都从这里开始,也从这里结束的。

然后贾宝玉转过牌坊,又看到一座宫门,上面横书四个大字——"孽海情天"。又有一副对联:"厚地高天,堪叹古今情不尽;痴男怨女,可怜风月债难偿。"看到这副对联之后,贾宝玉心下自思道:"原来如此。但不知何为'古今之情',何为'风月之债'?从今倒要领略领略。"

曹雪芹用一种很有意思的表达手法在向读者当头棒喝,借贾宝玉追问生命的轮回,不知何为古今之情,就不知轮回之道,古今之情多是风月之债,三界轮回淫为本,六道往还爱为基。三界轮回和六道往返都是情爱使然，跳出轮回网，须破风月情。

"宝玉只顾如此一想，不料早把些邪魔招入膏肓了。当下随了仙姑进入二层门内，至两边配殿，皆有匾额对联，一时看不尽许多，惟见有几处写的是：'痴情司'、'结怨司'、'朝啼司'、'夜怨司'、'春感司'、'秋悲司'。""只顾如此一想，不料早把些邪魔招入膏肓了"，这一句虽然不经意，却看出了曹公的智慧。妄念一起，万恶如影随形随之而来，与外不染色声等，与内不起妄念心，得如是者名为证。其实贾宝玉进入梦境的时候，也就是境界现前的时候。痴情司、结怨司、朝啼司、夜怨司、春感司、秋悲司，讲的都是人的起心动念，当贾宝玉看到这些的时候，我想曹公也是带着几分悲悯之心，在叹息那些女子的命运。

我觉得第五回值得我们反复去看，然后再去回归我们生命最终探讨的问题。就像孽海情天的对联一样，可怜风月债难偿，我建议大家再回头看看第五回开篇的交代："那宝玉亦在孩提之间，况自天性所禀来的一片愚拙偏僻，视姊妹弟兄皆出一意，并无亲疏远近之别。其中因与黛玉同随贾母一处坐卧，故略比别个姊妹熟惯些。既熟惯，则更觉亲密；既亲密，则不免一时有求全之毁、不虞之隙。这日不知为何，他二人言语有些不合起来，

黛玉又气的独在房中垂泪,宝玉又自悔言语冒撞,前去俯就,那黛玉方渐渐的回转来。"这就是风月债难偿,百般纠缠难解,前世留下来的。古今情不尽,前世债难还。

慈悲筏济人出相思海,恩爱梯接人下离恨天。估计曹公的这场寓意就在于此,可惜贾宝玉还需历劫,方可醒悟。

指点迷津，但唯恐泄露天机

贾宝玉祈求仙姑带她到各司里面看看，仙姑道："此各司中皆贮的是普天之下所有的女子过去未来的簿册，尔凡眼尘躯，未便先知的。"宝玉听了不肯依，复央之再四，终于得到了仙姑的同意。

薄命司两边对联写的是："春恨秋悲皆自惹，花容月貌为谁妍。"真心应物，不生分别，正是因为我们取舍，才会有这么多的情绪在内。花容月貌不过是一场虚幻，究竟是为谁而打扮呢？贾宝玉是慈悲的，他视姊妹弟兄皆出一意，并无过多的亲疏远近之别。他对众生都是怜悯的，视众生为平等，看了薄命司的对联，便知感叹，贾宝玉的悲悯之心是无处不在的。

有时候我们遇到的一些障碍，其实是生命的一种现象预告。《红楼梦》就是通过这样的梦境给大家开示这样的道理。当我们看到生命现象的时候，往往都是我们

的执迷让我们看不到事实的存在。其实很多人都是这样的,宁愿沉迷在假象之中,也不愿意回归到本然之中,尽管有些现实是残酷的,但是躲避不是长久之计,该面对的总是要去面对,劫是需要历的,而不是可以躲的。

当贾宝玉一一翻开众女子的命运诗句之时,曹公特别强调,"那仙姑知他天分高明,性情颖慧,恐把仙机泄漏,遂掩了卷册"。这里面就是做人的大学问,有些事情,我们点到为止,不必说全。别人可以指点方向,但这条路是别人无法替你走的。如同我们到黄山的时候,仙人指路石是著名的风景点,这块石头永远只是在那里指路,似乎告诉你什么,但是你该走的路,这块石头永远都帮不了你。

"宝玉恍恍惚惚,不觉弃了卷册。"我觉得,"恍恍惚惚"这四个字用得太妙了。我们在抉择的时候,未尝不是恍恍惚惚的状态。人生死是大,但是没有几个人重视生死大事。在佛教中就有很多这样的典故,慧薰禅师用骷髅头做碗吃饭,后来以此悟道。面对生死无常的到来,我们应当果断决绝,这里并不是让我们却了结自己的生命,而是在业障显现的时候,教我们如何去升华自己,然后证得圆满。宝玉翻开所有女子的判词,面对无常生死以来,虽然有些许的明白,但是依旧不能做到

"断疑生信",恍恍惚惚便误了终身。

其实从宝玉的梦境之中,我们可以印证生活中很多的障碍,并不是身边没有为你指点迷津的人和事,而是别人告诉了你之后,你的反应是什么?声闻缘觉只能送你三百由旬,成佛道路如果有五百由旬,剩下的路就是需要你自己去印证和体悟了。我想,曹公把这些人的结局放在了第五回,就是告诉你,有时候,别人已经伸手接引你了,就只差你伸出手让别人度化。

我们到底在矜持些什么

第五回写贾宝玉进入了太虚幻境,做了一场可以预知周边人命运的梦,然后在梦里从眼耳鼻舌身意之中感受色、声、香、味、触、法给人带来的虚幻。

我觉得曹雪芹的独到之处,不仅仅是在一本文学小说中创作了超高的艺术价值。一本好的小说,是可以反映生活的,就连一场梦境,都可以让人感受到耳眼鼻舌身意的真实不虚。读《红楼梦》第五回,应该仔细去领悟一下,现实和梦到底有什么区别。

贾宝玉喝酒一时倦怠,欲睡中觉,然后就跟秦可卿进了她的房间。秦可卿是谁?和贾宝玉是什么关系?在封建社会背景下,贾宝玉进女人的房间休息,是不是不太妥当?但是曹雪芹一直在挑战读者的禁忌,越是大家认为的禁区,他越是直言不讳。一本好的小说,需要作者说出内心世界,在现实生活中不敢说的话,在小说中要说。我觉得这样的小说作者才是优秀的。曹雪芹就是这样的作家,他不仅成功地进入读者生命中的禁区,而且还不会让读者有任何的禁忌。我觉得曹雪芹真的非常了不起。

"当下秦氏引了一簇人来至上房内间。宝玉抬头看见一幅画贴在上面,画的人物固好,其故事乃是《燃藜图》,也不看系何人所画,心中便有些不快。又有一副对联,写的是:世事洞明皆学问,人情练达即文章。"贾宝玉见到《燃藜图》心中便有些不快。《燃藜图》的宗旨就是鼓励大家要奋发向上,讲的内容就是在条件艰苦之下,还在奋发图强,没有灯就拿藜草点燃作为灯光。这幅图所宣导的就是卧薪尝胆地读书,用我们今天的话来说就是励志。

但是,贾宝玉一点都不喜欢这样的思想。"世事洞明皆学问,人情练达即文章"这些都是世人所倡导的,然而在贾宝玉看来,这些都是假大空,完全失去了自我的底色,这样的生活像是戴着脸谱,没有一点现实意义。

"(贾宝玉)看了这两句,纵然室宇精美,铺陈华丽,亦断断不肯在这里了,忙说:'快出去!快出去!'"其实我们许多人的骨子里,都反感那些假大空的措辞和冠冕堂皇的大道理。

秦氏听了笑道:"这里还不好,可往那里去呢?不然往我屋里去吧。"宝玉点头微笑。有一个嬷嬷说道:"那里有个叔叔往侄儿房里睡觉的理?"秦氏笑道:"嗳哟哟,不怕他恼。他能多大呢,就忌讳这些个!上月你没看见我那个兄弟来了,虽然与宝叔同年,两个人若站在一处,只怕那个还高些呢。"

秦可卿的兄弟就是秦钟。大家认为贾宝玉进到侄媳妇的房间休息不太好,反倒是秦可卿看得开,认为贾宝玉的年龄还小,知道些什么。也就是从这里开始,曹雪芹正式带领读者进入了生命中的禁区。

"说着大家来至秦氏房中。刚至房门,便有一股细细的甜香袭人而来。"六根六尘引诱而造生死染污之业,曹雪芹先从贾宝玉的鼻根下手,通过闻到的香气,挑起贾宝玉的情欲。眼根贪色、耳根贪声、鼻根贪香、舌根贪味、身根贪细滑、意根贪乐境,起心动念之间,一切业障都会随之显现。

当贾宝玉闻到这些香味的时候,整个人和看到《燃藜图》完全是两种态度。"宝玉觉得眼饧骨软,连说'好香!'入房向壁上看时,有唐伯虎画的《海棠春睡图》,两边有宋学士秦太虚写的一副对联,其联云:嫩寒锁梦因春冷,芳气笼人是酒香。"万恶淫为本,但是自古多心乃佛心，许多时候人与人，人与事，事与事之间，都有两面性，曹雪芹在这里说的就是"两难"。贾宝玉因为自己闻到了女人闺房的味道，随口赞叹了一句好香，完全是出于本能。有时候我们生活所倡导的并非如此，所以在我们身边总会听到"矜持"二字。我有次在高铁上，我旁边坐了一位中年女士和她不到十岁的小女儿。小孩子见到我的衣着打扮的时候，随口夸了一句："哇，他们的衣服好漂亮！"没想到换来了她母亲的一阵训话，尽管我听不懂潮汕话，但是我也能从语气中，推断出母亲对女儿所谓的礼仪教育。也就是那一刻，我陷入沉思中，难道追求美的那颗心也要附和着我们所谓的规矩而"矜持"吗？

今天我所谈的就是平日裹了一层一层之后的我们，究竟是什么样子的。我很庆幸，在生活的寻寻觅觅之中，竟然在《红楼梦》这本书之中找到了我想要表达的一种情怀。有些时候，现实生活中不存在的，并不代表在我们思维的世界里也不存在，我想这就是人的局限性。

曹雪芹是一位非常懂得欲扬先抑的作家，凡事在你内心深处点到为止即可，其他留白的空间全都交付给读者自己去思索。我想如果曹雪芹是我们今天的出卷老师，我敢肯定，曹雪芹老师所出的题目绝对是我所喜欢的。

做梦中梦，见身外身

贾宝玉进到了女人的闺房，觉得非常美，此时的贾宝玉彻底醉了，从秦可卿的房间物什中开始出现幻觉了。

曹雪芹是一位非常大胆的作家，他能通过隐晦的表达方式，折射出每个人内心世界的欲望。色、声、香、味、触五境而起的五种情欲，五欲是不净之法、众苦之源。在贾宝玉做梦之前，作者铺垫了这么一层，就是从贾宝玉和读者的五欲之处下功夫，曹雪芹就是要从眼耳鼻舌身意之中，来叩问每一位读者的居心所在。《楞严经》中曾提到"摄心为戒"。我想，在贾宝玉做梦之前，秦可卿的房间先给贾宝玉设了一道关卡，看他到底能不能明白我们所见到的一切都是唯心所造。

学生时代有件事情让我难忘。语文老师给我们上《诗经》中的选文，其中有一句"窈窕淑女，君子好逑"。当时我是非常期待老师的讲解，我认为这是一种美好的无我追求。其实我希望通过老师的讲解，能为我这种理解给予肯定，但是让我失望的是，老师并没有怎么去解释这句话，而是有意去回避这些。直到今天我都在想，既然教科书都选了《诗经》的作品，老师为什么要回避呢？多么美好的诗句，多么美好的向往，今天却成为我遗憾的回忆。

《红楼梦》第五回讲青春期发育的贾宝玉所见所闻对他生理上的影响。在当时的封建社会，贾宝玉根本没有被科普这些知识的可能。然而越是禁忌的东西，人们越是想探个究竟，这个过程有人感觉像是在犯罪，其实是在寻找欲望上的刺激，贾宝玉的骨子里还是有这些情愫的。

在禁和纵之间，贾宝玉就像是草原上驰骋的马。草原人之所以擅长套马，因为他们知道被放养的马，在自由的空间中才能长得茁壮，而一旦被放养，马的野心就会难以驯服，所以草原的牧马人要具备一身套马的本事，就是为了在放养过程中，通过套马来降伏放养马的野性。

在众人面前的贾宝玉就是不曾被放养的马。然而在第五回中，曹雪芹决定让贾宝玉出来放养了，让一个被压抑的小男孩彻底甩开一切包袱，做梦中梦，见身外身。

情仇爱恨之间，无处追寻

贾宝玉看完了"案上设着武则天当日镜室中设的宝镜"，又看到了"一边摆着飞燕立着舞过的金盘"。据说赵飞燕体态轻盈，身轻如燕，能作掌上舞。

赵飞燕算得上我国杰出的舞蹈家，但是这位奇女子的身世非常坎坷。赵飞燕小时候就被父母抛弃，丢在外面三天，不想这个小孩还活着，于是抱回来继续养。长大后，她同妹妹二人被送入阳阿公主处，开始学习歌舞，赵飞燕学得一手好琴艺，舞蹈更是了不得。后来，她和汉成帝刘骜邂逅，深得汉成帝的喜欢，封为婕妤，极为宠爱，后又废了许皇后，立飞燕为后，与妹妹二人称霸后宫，显赫一时。但是好景不长，汉成帝死后，虽然汉哀帝继位，赵飞燕依然被尊为太后，但是没过几年汉哀帝就驾崩了，汉平帝刘衎即位，赵飞燕的妹妹曾因害死后宫皇子，被送去陪葬，而赵飞燕则被贬为庶人。

在《红楼梦》中，有很多像赵飞燕这样的奇女子，最后都不得善终。秦可卿房间有这样的盘子，我想，这也是一种为自己身为女人身的赞叹吧。

最让人孜孜以求的是情，最难长久的也是情，这是赵飞燕的经历所告诉大家的。费长房缩不尽相思地，女娲氏补不完离恨天。贾宝玉入梦之前所见的这些，让他体悟到了生命的无常，情仇爱恨，无处追寻。

天若有情天亦老，最是人间无情好！

是什么禁锢着我们的思想

杨玉环有倾城倾国之色，她的美貌打动了唐玄宗，后被唐玄宗招入宫做女官，天宝四年又加封为贵妃。天宝十五年，安禄山起兵造反，唐玄宗仓皇逃跑，杨玉环却被视为红颜祸水，成为替死鬼。在马嵬坡，大将陈玄礼和部下迫使唐玄宗赐杨玉环自缢。

一个男人摆不平事情，就让女人作为替死鬼，我觉得这是一件非常恐怖的事情。女人有时候充当着男人的挡箭牌，大事处理不好，需要女人出面和亲才能保住国家，使甲马休征，百姓不至于阵败伤亡。当国家破灭之后，有些人就喜欢把责任推脱给女人，说什么水性杨花，红颜祸国。

有时候我们去看正儿八经的历史时，会发现所谓正统的理念非常搞笑，太偏执以至于缺乏人性。有些时候虽然野史是文人茶余饭后添油加醋的谈资，但是仔细思考贾雨村对冷子兴说"正不容邪,邪复妒正,两不相下,亦如风水雷电,地中既遇,既不能消,又不能让,必至搏击掀发后始尽。故其气亦必赋人,发泄一尽始散"的这句话,还是非常有道理的。世间所不提倡的,未必都是大恶之事,"大仁者,则应运而生,大恶者,则应劫而生"。有时候我在想,那些非大仁也非大恶者呢?

在《红楼梦》中,尤二姐像极了阮玲玉,最后都是因为别人的口水,死于人言。《红楼梦》一直徘徊在忍与不忍、该与不该之间。记得中学时代,老师反对我们看《知音》《故事会》这样的书籍。然而,也正是在这样的书籍当中,我们看到了许多课本之中根本无法看到的内容。课本的知识,等到出社会之后,三分之二还给了老师,而真正让我们受益的往往并非来源于书中的知识,更多的是书外的道理。

我想贾宝玉不喜欢读正统私塾的课本,也就是这样的心理。他陪着林黛玉看禁书《西厢记》,让下面的小厮在外买一些父亲贾政眼中不正经的书,贾宝玉被考才华的时候,出口的典故还没说完,父亲贾政就能知道出自哪本不正经的书籍,在起心动念之中,其实贾政也会看这些"怡情养性"的文章。

"声在闻中,自有生灭。非为汝闻声生声灭,令汝

闻性为有为无。"贾宝玉入梦之前,看到这些镜子、盘子、水果,以及看到"上面设着寿昌公主于含章殿下卧的榻,悬的是同昌公主制的联珠帐"等,并不是让贾宝玉见色起淫心,而是让他了悟生灭的道理。

当眼、耳、鼻、舌、身、意都感触到这些色相之后,真正有智慧的人便会领悟"溪声便是广长舌,山色岂非清净身"。但是有些事情和经历是你躲不过的,必须在你亲自经历之后,才能知道里面的各种道理。

人有时之所以愚笨,是因为我们常常会起贪婪之心。当贾宝玉见到这一切景象之后,"含笑连说:'这里好!'秦氏笑道:'我这屋子大约神仙也可以住得了。'"从贾宝玉的欣喜之言,可见其沉迷其中无法自拔。随后,贾宝玉便进入了属于自己内心世界想要的梦境中。

伍 业缘

澹泊之守，须从秾艳场中试来，并不是躲在青山古寺之中，寻求清净才是真正超然物外之人。你为什么要寻求清净，是因为你一点都不清净。

晴雯是贾宝玉的影子

贾宝玉在梦中翻开了一本书，书里面记载了他身边女性的命运。他第一个翻开的是晴雯的判词："霁月难逢，彩云易散。心比天高，身为下贱。风流灵巧招人怨。寿夭多因毁谤生，多情公子空牵念。"

曹雪芹用天气来引出晴雯的判词，这种虚无缥缈的东西，会让你觉得这位女子的命运缥缈而虚幻。最后，晴雯因为美而遭人妒忌，被贾宝玉的母亲王夫人赶出了大院。大家都认为晴雯是一个非常不正经的女孩子，尽管贾宝玉舍不得她，也对母亲的决定无可奈何。

"心比天高，身为下贱"说的是晴雯的命。向往美的心是不分贵贱的，我们没有任何资格剥夺别人向往美的心。

《红楼梦》中有人评价晴雯，原句是"晴雯那蹄子是块爆碳"。她那种疾恶如仇、敢爱敢恨，特别是反抗阶级等级的精神在当时是不为世间所容的。王夫人和晴雯恰恰相反。晴雯所讨厌的人和事，正是王夫人所喜欢的。

我曾见过一位作者这样打一个比方，假如这个生活的空间只有十个人，有八个人变成其他品种，而只有两个人没有变态，这变态的八个人反而会嘲笑这两个没有变态人是变态之人。其实，晴雯就是生活在这样的一个空间。当大家都认为晴雯这个人的行为和思想变态的时候，周边的人，以王夫人为首，其实都是"变态"的状态，但是正是因为晴雯不随波逐流，所以最后成为众矢之的，成为王夫人针对的对象。

"寿夭多因毁谤生，多情公子空牵念。"晴雯最后就是因为自己的性格所致，因人诽谤而死，贾宝玉有心无力，无法挽回。

当曹雪芹像揭开谜底一样去为大家揭开书中女子的命运时，曹雪芹把第一个谜底给了晴雯，我相信很多作家在创作的过程中，喜欢把重要的那个人安排在第一时间出现，或是压在最后一位出现，这个是作为作者的创作心态。我想，晴雯在贾宝玉或者说在曹雪芹的心中，是有特殊地位。我觉得晴雯的骨子里和贾宝玉是一样的，他们都流露出对世俗的厌恶，都不是随波逐流苟且之人。

谁是你生命的过客

贾宝玉翻开晴雯的判词之后，还没来得及深思，袭人的命运判词就出场了。不仅仅是贾宝玉措手不及没来得及深思，其实作为读者的我们也是如此。我想曹雪芹之所以这样写，目的是让我们明白有些事情不等你思考就已经来不及了。命运就是如此。

贾宝玉一直怕袭人离开，但是最后身边所有的人都离开了。"枉自温柔和顺，空云似桂如兰。堪羡优伶有福，谁知公子无缘。"王夫人一直认为袭人是个明白人，其实袭人正是封建社会女人的典型思想。袭人的脾气非常和顺，也不轻易发脾气，甚至被贾宝玉踢了一脚，也不曾有什么怨言，鼓励贾宝玉经济仕途之道，遭到贾宝玉的批评。曹雪芹用"枉"和"空"二字形容袭人，我觉得特别点题，意思是说虽然是以王夫人为首，大家认为袭人是一位不错的女子，但是在曹雪芹的笔下，他认为这是封建腐朽思想的化身，再怎么温柔，也是徒劳一场。

如果说晴雯是林黛玉的影子，那么袭人就是薛宝钗的影子了。

"堪羡优伶有福，谁知公子无缘"，仔细想想，上天一向剥夺的都是你所拥有的，你所没有的，命运一直会给你一个假象。袭人给贾宝玉做的汗巾，不想被贾宝玉作为交换礼物送给了戏子蒋玉菡，惹得袭人生气。"优伶"是指戏子，贾宝玉就是因为喜欢上了这么一个唱旦角的戏子蒋玉菡，才交换最为贴身的物件，也就是绑腰带的汗巾。谁能想到，后来袭人嫁给了蒋玉菡，这条汗巾再次到了袭人的手上。冥冥之中，袭人的这条汗巾是为蒋玉菡做的，只不过是通过贾宝玉来传递。读到这里忽然感觉缘分真像参禅一样大有玄机，让你有种雾里看花的感觉。在贾宝玉、袭人和蒋玉菡之间，谁也不曾想贾宝玉最舍不得的人最终还是要舍得。在舍与不舍之间，这一切的安排都是在度化贾宝玉。"谁知公子无缘"，可能大家看到这一句时会觉得非常惋惜，但是缘起缘灭，终究都是过客而已。从袭人身上折射出的薛宝钗，从晴雯身上折射出的林黛玉，也都是你生命的过客。

不希望女性成为男性的附属品

贾宝玉在太虚幻境中翻开了第三位女子的判词。"根并荷花一茎香，平生遭际实堪伤。自从两地生孤木，致使香魂返故乡。"此判词讲的就是香菱。香菱原名叫英莲，是甄士隐的女儿，后来被拐卖，改名叫香菱，因被薛蟠看上，被娶为妾。可以说，香菱既是丫鬟的命，也有主子的名分。

贾宝玉拿起一本册来，揭开看时，只见画着一株桂花，下面有一池沼，其中水涸泥干，莲枯藕败。有人说桂花是指后来薛蟠的老婆夏金桂，香菱的名字也是折射在判词里面的，这个观点我是赞同的。香菱对比袭人，最明显的就是香菱好学，这一点从她拜林黛玉为师学习作诗就能看出来。但是这位女子命运多舛，经历坎坷，就像判词里说的那样，"平生遭际实堪伤"。尽管后四十回高鹗续写的香菱没被夏金桂害死，但是从她之前的种种遭遇来看，也并不是一般人所能承受的。

贾琏办理完林黛玉之父林如海的丧事之后，回来碰到了薛姨妈带着香菱，在王熙凤面前猛夸香菱的美貌，同时叹息给薛大傻子薛蟠开了脸非常可惜，可见香菱这位女子的美貌也是非常出众的。

但是这位姑娘就是在薛蟠的手中白白"浪费"了。如果可惜，用《红楼梦》中贾宝玉的话来说就更可惜："嫁了人，不知怎么就变出许多不好的毛病来，虽是颗珠子，却没有光彩宝色，是颗死珠了。"所以在《红楼梦》中，你会发现一个现象，曹雪芹会大手笔地描写丧事的场面，对于女人婚嫁的场面却惜墨如金。

曹雪芹是通过贾宝玉之口表达自己的想法，他非常不愿意看到女子出嫁。女子一旦出嫁，一切都会改变。在那种严酷的家族伦理道德之中，出身、地位、辈分等，都会剥夺一位女子的美好岁月。曹雪芹是深知这种严酷现实的。

香菱便是如此，被拐卖，然后被买来做妾。不出多长时间，喜新厌旧的薛蟠就把她晾到了一边，最后她以妾的身份，差点被夏金桂折磨而死。

贾宝玉不忍心姑娘们出嫁，曹雪芹不忍心用文字写

姑娘们出嫁的现实,我想这里面都带着几分不舍,尽管这是一场痴梦,但是曹雪芹和贾宝玉都带着几分期许在里面,他们都不希望女性成为男人的附属品。

伍·业缘

把重要的那个人分为两个角色

我会问身边朋友一个问题：在你生命中最重要的两个人，如果都出现在你的梦境中，你会选择让哪一个先出场？好多人表示我的问题没办法回答。后来我告诉身边的人，在《红楼梦》第五回，你们能找到答案。

林黛玉和薛宝钗在同一判词里，这两个女人的命运是紧紧联系在一起的。其实作者曹雪芹是把心里面那个重要的人一分为二去写，谁离开了谁都不完美。对于贾宝玉而言，既离不开薛宝钗，更离不开林黛玉，所以纠缠个没完。

"可叹停机德，堪怜咏絮才。玉带林中挂，金簪雪里埋。"判词内引用了两则典故，一个是传统道德中提倡的相夫教子，讲的是女德的东西，另一个是赞叹女子才华横溢，为人所钦佩。薛宝钗提倡的是功名利禄、光宗耀祖、经济仕途之道，而林黛玉永远不会对贾宝玉说

这样的话。林黛玉是才女，却没有一般文人的腐朽思想。她和贾宝玉一样，对所谓正统道德有种叛逆，对儒家文化也有种排斥，所以林黛玉就非常不受待见。第一个对林黛玉有意见的便是王夫人，甚至袭人劝贾宝玉的时候，也拿林黛玉作为话题。薛宝钗为人处世绝不讨人厌，对于孔孟教条是绝对不会有二心的。"可叹停机德"说的就是薛宝钗。这位女子的克己复礼的行事风格令人赞叹，但是这样的女子一生是没有温度的，所以海上仙方"冷香丸"就给了薛宝钗。"冷香丸"治的并不是薛宝钗的病，而是薛宝钗的心 。

林黛玉不同于薛宝钗。表面上看，林黛玉不近人情，他人无法靠近，其实她内心的情感世界是一团烈火在燃烧。林黛玉非常明确自己感情上需要的是什么，什么对她而言是外在的物质。"堪怜咏絮才"说的就是林黛玉的才华，也正是因为林黛玉的才华，或多或少让这位女子有些孤芳自赏。

倘若有读者问我，薛宝钗和林黛玉更喜欢谁。我觉得我会难以取舍，她们两个人都是彼此的残缺。曹雪芹通过《红楼梦》把贾宝玉生命中重要的那个人分为两个角色去写，这就是现实的无奈，总要在该与不该、忍与不忍之间取舍，我想这就是世间最难的修行。

我们生命中缺乏参照物

接下来,贾宝玉翻开的判词是讲元春的,也就是贾宝玉的姐姐。

元春的母亲是王夫人,父亲是贾政。元春被送进了皇宫,最后成为贵妃,看似让人羡慕,然而这对于元春而言,却是她毕生的痛苦。她认为,那是把她送到了见不得人的地方,终日无趣。好不容易有了省亲的机会,然而严酷的等级制度让她与亲人有了一层身份的隔阂,想和亲人谈及承欢膝下的事情,却被父亲一番以社稷为重的孔孟言论劝说。

元春见到亲人的时候,诉说自己当初被他们送到了那个见不得人的地方,终日无趣。虽然言语中表达了自己对皇室的厌恶,但是内心真正的痛苦却不能细细给亲人道来。

"二十年来辨是非,榴花开处照宫闱。三春争及初春景,虎兕相逢大梦归"是元春的判词。贾家有四个姑娘,分别是元春、迎春、探春、惜春,这四个姑娘最后的结局都有些不尽如人意,但是她们命运,细细看来生前还数元春最为辉煌尊贵,其他三春不及元春。

元春承担的是整个家族荣耀。但她作为贵妃,有着道不尽的无奈。她渴求的是亲情,但是她的父母乃至整个家族,对她寄予的是维系整个家族的繁荣。元春在省亲之时说过这样的话:"一会子我去了,又不知多早晚才来。"道不尽的亲情离别之意,同时这也是元春对家族的遗言。

元春的判词出现之后,紧接着是就是探春的判词:"才自精明志自高,生于末世运偏消。清明涕送江边望,千里东风一梦遥。"

画中有人放风筝,一片大海,一只大船,船中有一女子掩面涕泣之状,讲的就是探春最后的命运。探春是赵姨娘所生,与贾环同母,与贾宝玉和元春同父异母。虽然母亲赵姨娘和弟弟贾环都是他人眼中烂泥巴扶不上墙的货色,但是探春却是众人眼中的佼佼者。俊眼修眉顾盼神飞的探春,有才干、有眼光、敢作敢为,但是她一直有个心病,她极好面子,却是庶出的身份。特别是自己没有涵养的生母赵姨娘，三番五次地让探春难堪。作为母亲的赵姨娘，自己的女儿好不容易担当大任，不但不给以帮衬，反而拿自己的哥哥赵国基，也就是探春的舅舅，给女儿探春找麻烦。更气人的是，为了那些女性的化妆品，在众人的面前说尽了让探春丢脸的话。在这样的环境下，探春最后嫁到远方成了妃子。

　　曹雪芹特意把这两位女子安排出来，我觉得就是带着一种"围城"的心理来写我们的人生：一个在里面想出来，一个在外面想进去。前者是元春，觉得自己生活的地方是见不得人的地方；后者是探春，在母亲身边却觉得母亲赵姨娘是她的痛苦。前者渴望亲情，后者惧怕这种扯不清的亲情关系。有时候想到这里，这两位姑娘会让我们觉得，现实生活中我们其实也是这般可笑。

　　有时候我们根本不知道自己要的是什么，如果每个人给自己的生命一个参照物，那么我相信我们整体的幸福感会立马提升。读到这里，我觉得曹雪芹并不是向我们揭露每一个角色的命运，而是告诉我们，你要知道属于你生命的参照物在哪里。

为自己而活

在大观园之中，有两个人的出场能给我带来无限的自在和欢乐，一个是刘姥姥，另外一个是史湘云。在《红楼梦》中每个人都有自己人生追求的主题。林黛玉的人生主题是捍卫自己的情感世界，薛宝钗的人生主题是一直在为自己争取，王熙凤的人生主题是争权夺利，唯独史湘云追求的是人生的自在。

纵然史湘云的人生道路坎坷，但是这位小姑娘却非常洒脱。她生下来父母就去世了，贾母爱屋及乌，经常会让她留在自己的身边。我相信史湘云是大家喜欢的一个角色，没有传统小女孩的含蓄，还敢穿男孩的衣服，醉酒之后直接卧在了花园的石凳上。"富贵又何为，襁褓之间父母违"说的是史湘云虽然出生在富贵之家，但是一出生父母就不在了。"违"的意思是离别，说这个小女孩一出生父母就离开了，这是一件非常不幸的事情。

"展眼吊斜晖,湘江水逝楚云飞",是说一转眼繁华即逝。史湘云后来嫁得非常好,但是没多久,丈夫就早逝了。

尽管如此,当我想起史湘云的时候,想到的并不是这女孩的不幸,而是她的乐观和大咧咧的样子。这个女孩有种傻傻的可爱。我们今天再回顾一下书中所有的角色,虽然祸福旦夕,生命是无常的,但是人生的主题是我们自己选择的。一个刘姥姥、一个史湘云,我觉得她们都是非常懂得为自己而活的人。这样的人看起来傻,但是傻人有傻福。

障碍来源于我们给自己画的防卫线

不管是佛门还是红尘,都抵不过"因果"二字。因果不会为谁而网开一面,任何人也逃不过因果的裁判,接下来的判词讲的就是佛门释子妙玉。

"后面又画着一块美玉,落在泥垢之中",这画的是妙玉最后的命运——被强盗劫去了。妙玉本是有钱人家的女儿,但父母双双早亡,出家后进入贾府。自然,妙玉的出家也有自己的不甘心。她非常洁癖,以至于刘姥姥用了她的茶杯,她都要扔掉。她孤傲到园中的梅花只有贾宝玉才能要得到。修行之人,如此有分别之心,颇受读者争议。

修行,所谓修,本来就是修自己生命中的问题,当修到完善圆满的时候,就是我们开始布道的时候。妙玉仿佛一直有许多放不下,以至于妙玉因自己的身份有所忌讳和担忧,出家为尼也心有不甘。"欲洁何曾洁,云空未必空"说的就是妙玉有洁癖,但是最后还是陷入淤泥之中。并不是躲在青山古寺之中叫澹泊,更不是寻求清净才是真正超然物外之人。你为什么要寻求清净,是因为你一点都不清净。就好比真正考验你的并不是你的特长,而是在你短板的地方考验你,磨炼你,最后才能升华你。我想这就是修行。

荷花在淤泥之中才显圣洁,更何况是人,佛法在世间,不离世间觉。"可怜金玉质,终陷淖泥中"说的就是这个有洁癖的僧尼妙玉最后还是陷入了世俗的因果泥潭之中。

"好丑心太明,则物不契;贤愚心太明,则人不亲",用这句话来形容妙玉再恰当不过了。美丑本来就是心中的分别,太过于去拔高一个人的品格,这不是修行人的包容和精进,而是一种障碍。有时候人我之间的那道线不是别人去衡量的,而是自己把自己给限制住,然后在内心深处画出一道防卫线,最后还要抱怨世态的炎凉和人情的凉薄。我觉得这是最愚蠢的举动。

如梦幻泡影

接下来要出场的两位,一位是迎春,一位是惜春,这两位姑娘的命运都非常坎坷。

"子系中山狼,得志便猖狂。金闺花柳质,一载赴黄粱"说的就是迎春。迎春老实无能、懦弱怕事,好像府上什么事情都与她无关。尽管如此,这个女子还是逃脱不了被家族控制的命运。"中山狼"指的是她的夫君孙少祖。这个人非常暴力,迎春经常遭到他的虐待,以至于她在暴力和压迫之下香消玉殒。迎春之所以嫁到这样的一个家庭,是因为她父亲贾赦欠了孙家五千两银子,没办法,只好拿女儿抵债。

"金闺花柳质,一载赴黄粱","黄粱"指的是高粱,从前有一个读书人在蒸高粱,但是他非常想睡觉。一位老人家就告诉他,你要睡觉我便送你一个枕头,枕着这个枕头睡觉,你会梦到很多好东西。这个书生拿着枕头就睡觉了，后来就开始做梦。在梦中，一生的荣华富贵一一浮现，直到了却一生。等他被吓醒的时候，发现高粱还没有蒸熟。一切如梦幻泡影，如露亦如电，所有的虚幻和成住坏空都在梦中实现，一切都是那么的短暂和空幻。

紧接着出现"后面便是一所古庙，里面有一美人在内看经独坐"。读到这里的时候，忽然来了另一场人生。这里的转折让人如醍醐灌顶，有时候想想，富贵荣华到头来都是尘归尘，土归土，荣华富贵最终抵不过青灯古卷，一生的平凡。

接下来该惜春出场了。

孤僻冷漠、心冷嘴冷的特点是惜春给大家的印象。这个女子一向是有悟性的，她写的灯谜也极具禅意，所以最后出家了。她用独到的眼光看透家族的一切，她在抄检大观园的时候说，"不作狠心人，难得自了汉"。虽然这是小乘思想，但是惜春的这句话也道出了日后作为修行之人的大丈夫举动。"勘破三春景不长，缁衣顿改昔年妆"，这个女子大彻大悟，明白了人生的虚幻，最终出家了。"可怜绣户侯门女，独卧青灯古佛旁"，讲的是惜春最后的结局。管你是千金小姐还是谁，在佛门之中都是芸芸众生，碎为微尘。

想想别人,你是最幸运的

接下来就是王熙凤的女儿巧姐的判词。"后面又是一座荒村野店,有一美人在那里纺绩",讲的就是巧姐最后的命运。

家族落难之后,巧姐被舅舅和哥哥卖到了妓院。"势败休云贵,家亡莫论亲"是指巧姐最后被亲人卖到了妓院。人情凉薄之事全都通过巧姐最后的命运展露无遗,让读者感到一阵心寒。"偶因济刘氏,巧得遇恩人",家族已经破败,加之被亲人卖到妓院,实在是祸不单行。所幸巧姐的母亲王熙凤曾经救助过刘姥姥,所以最后王熙凤无力回天的时候,以德报恩的刘姥姥想尽一切办法,把巧姐给赎了回去。

巧姐,王熙凤和刘姥姥他们所发生的故事,我觉得讲了一则很大的因果故事在为我们开示。王熙凤的这一生,能让人为之欣慰一笑的事情便是对刘姥姥的慈悲。

有时候给别人一条活路，也就是给自己一条退路。巧姐的判词，我觉得有很大的做人智慧在里面。"势败休云贵，家亡莫论亲。偶因济刘氏，巧得遇恩人。"相比英莲，我觉得巧姐真的幸运很多，有时候在我们看不到希望的时候，因果能让你看明白好多事情。

甄士隐扶持贾雨村，王熙凤扶持刘姥姥。甄士隐落败的时候，女儿英莲不得幸免，人生坎坎坷坷；王熙凤落败的时候，女儿巧姐全靠刘姥姥的救助。有时候想想我们自己，这世上总不至于自己是最惨的。想想别人，你是最幸运的。

静水流深的李纨

在贾宝玉的梦中，出现了一位寡妇，这位寡妇就是李纨。"一盆茂兰，旁有一位凤冠霞帔的美人"，后来，李纨的儿子金榜题名做了官，她也成了一品夫人。但是她刚看到儿子出类拔萃就死了，是一位非常薄命的女人。

"桃李春风结子完，到头谁似一盆兰。"桃李不言，下自成蹊，李纨就像是兰花一样，清心寡欲，年纪轻轻就要守活寡，对于儿子的教育，李纨起着主导作用。"如冰水好空相妒，枉与他人作笑谈。"她的内心世界像冰一般冷，因为正值青春时期李纨就成为寡妇，所有的美好似乎都与她无关。

但是这位女人的生命并非没有任何色彩，李纨也是一位相当有想法和风雅之人。办诗社就是李纨提出来的，还以自己的稻香村作为社址。她是一个很懂得精神娱乐且相当有品位的人。

再者，李纨也是一个非常懂得精打细算的人，她知道办个诗社需要很大的一笔开销,于是就请邀王熙凤做监社御史,一旦王熙凤有了这个虚名,一切功德都是王熙凤发心随喜了。换成是林黛玉,估计很难想到这一点。

这样的一位女性,虽然在众人面前不起眼,但是李纨确实是一个不折不扣的好母亲。

有些人就像谜一样让你去考证

判词中,最后一位出场的是秦可卿。"后面又画着高楼大厦,有一美人悬梁自缢",秦可卿是上吊而死的。

关于秦可卿的死一直是一个谜团,多半都源于我们今天所看到的一些版本的《红楼梦》,秦可卿是因为得病而死,并非自缢而亡。也正是因为如此,关于秦可卿的死亡,成为诸多学者津津乐道考证的课题。如《解析秦可卿》一书中,作者列举了秦可卿身上34个谜。

《红楼梦》的女人有自杀的,比如吞金而亡的尤二姐、挥剑自刎的尤三姐、投井而亡的金钏、撞柱而亡的瑞珠、撞墙短命的司棋、上吊殉主的鸳鸯。因病而亡的有林黛玉和晴雯。而秦可卿的死亡就像谜一样,让你去思索和考证。

秦可卿长得太漂亮了,就连她的公公贾珍都要与她行周公之礼。曾经有人在旧书摊上买到手抄版本的《红楼梦》，其中有一版本叫"情丧天香楼"，后来的版本有可能修改过了，以至于现在我们看不到这一章节。

不管这位女子最后是因什么而死的，都离不开一个"情"字。但是在当时，作为媳妇的秦可卿，被迫出轨，是一件非常可悲的事情。这种乱伦的行为放在今天，也是难以让人接受的，在当时的封建体系之中，更不为世人所容纳。我想，这也是秦可卿的死亡成为谜团的原因所在。

千红一窟和万艳同杯

贾宝玉的梦就像我们平时的聊天,有两个人在聊到一件事情结果的时候,你忽然听到了,尽管听到了这个结果,你不知道其中的过程,也只能是一知半解,但是你还是很好奇。贾宝玉的这场梦也是如此。

梦中警幻仙姑携了宝玉入室。"小丫鬟捧上茶来,宝玉自觉清香异味,纯美非常,因又问何名",现实生活中,贾宝玉都是在女人堆里,梦中出现的也全都是女人,可见女人是贾宝玉毕生要经历劫难的业障。

警幻道:"此茶出在放春山遣香洞,又以仙花灵叶上所带之宿露而烹,此茶名曰'千红一窟'。"这种茶是用鲜花枝叶上面的露珠调制而成的,香气非常特别。"千"是虚数,"千红"指非常多的花。俗话说,"人无百日好,花无千日红",就是说再美丽的花朵都逃脱不了凋零的命运。佛家说的无常,都是在成住坏空之中发生着不可思议的变化。"千红一窟","窟"音同"哭",是指最后凋零的命运,生死速度仅在呼吸之间,一切都是短暂无常的。

《红楼梦》第五回,我觉得很有必要像恭敬佛经那样去反反复复阅读,当我们观想世间所遇到的一切,种种迹象都与贾宝玉的梦境有百般的相似之处,一切都是在虚虚假假之中让你感受到无常的真实不虚。"因又请问众仙姑姓名:一名痴梦仙姑,一名钟情大士,一名引愁金女,一名度恨菩提,各各道号不一。"仙姑的名字非常有开示意义,痴梦、钟情、引愁、度恨,一切都如同佛家说的那样爱别离,怨憎会,求不得那般,人间诸苦都在她们的名字之中一一体现。

正所谓"少欲无为,身心自在,得失从缘,心无增减",今天再翻开《红楼梦》这本书,生活的种种,在舍得与不舍得、忍与不忍心、该与不该之间,这本书总会在冥冥之中指引着你,让你感动或让你豁然开朗。

"少刻,有小丫鬟来调桌安椅,设摆酒馔",贾宝玉闻得此酒清香甘冽,异乎寻常。这场梦不仅仅是在给贾宝玉眼耳鼻舌身意开示,也是给我们读者一场开示。通过我们六根六尘的对照,从我们的欲望处下手,找出自己的问题所在。我觉得曹雪芹的笔仿佛被"开光"过

一般，极具灵性。这是什么酒呢？警幻仙姑解释："此酒乃以百花之蕊，万木之汁，加以麟髓之醅，凤乳之曲酿成，因名为'万艳同杯'。"

杯子里都盛着艳丽的东西，尽管一切都是美好的，但是这些都是短暂的。我们贪婪美好的东西，殊不知背后有着怎样的悲哀。"万艳同杯"和"千红一窟"都有相同的寓意。"杯"，音同"悲"，一切人的命运大抵都是如此，短暂而又虚幻。

但是这一切贾宝玉都不曾明白，然后又是靡靡之音，警幻见宝玉甚无趣味，因叹："痴儿竟尚未悟！"那宝玉忙止歌姬不必再唱，自觉朦胧恍惚，告醉求卧。

千万别以为是在做梦

伍·业缘

宝玉醉酒后进入了梦中的闺房，接下来，梦中的情爱之事开始了。

读《红楼梦》第五回，很多人容易进入一个误区，那就是我们只是在读贾宝玉的梦境。果真如此，我觉得曹雪芹在本回的心思就全都付之东流了。曹雪芹其实在用另外一种表达方式，展现出贾宝玉在现实生活中，另一个没有任何包袱的自己。

贾宝玉走进闺房，接下来我们要注意他看到了什么："更可骇者，早有一位女子在内，其鲜艳妩媚，有似乎宝钗，风流袅娜，则又如黛玉。"现实生活中，薛宝钗和林黛玉就在贾宝玉的左右。这两位女子是贾宝玉历经红尘必不可少的红颜知己，现实生活中如此，在梦境中，在你生命中那个重要的人自然也会走进你的梦中。

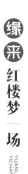

看到这里的时候,我觉得生命中的两难被带进了梦乡,虽然无可奈何,但正是因为生命中的残缺,才会让我们懂得如何去让它成就。其实这种体悟,我很感恩能在曹雪芹的《红楼梦》中找到,而且还是这么真切。

(贾宝玉)正不知何意,忽警幻道:"尘世中多少富贵之家,那些绿窗风月,绣阁烟霞,皆被淫污纨袴与那些流荡女子悉皆玷辱。更可恨者,自古来多少轻薄浪子,皆以'好色不淫'为饰,又以'情而不淫'作案,此皆饰非掩丑之语也。好色即淫,知情更淫。是以巫山之会,云雨之欢,皆由既悦其色,复恋其情所致也。吾所爱汝者,乃天下古今第一淫人也。"

好色即淫,知情更淫,警幻仙姑的话一语点醒贾宝玉。现实生活中的贾宝玉在各种思想和伦理的压制下,虽然说行动上没有这方面的举动,但是很难保他的思想上没有这样的想法,所以在梦中,贾宝玉放下了一切的包袱。"汝等一心听,淫浊恶万行",在起心动念之间,一切都是如影随形。

中医名著《景岳全书》中说:"心为君火,肾为相火,心有所动,肾必应之。"淫念就是恶念,淫念就是邪淫的种子,当贾宝玉听到警幻仙姑这句话的时候,吓得赶紧解释:"仙姑差了。我因懒于读书,家父母尚每垂训饬,岂敢再冒'淫'字。况且年纪尚小，不知'淫'字为何物。"

贾宝玉的回答非常有意思。现实生活中他最担忧的就是父亲检查他的功课，而父亲让他读的那些课本都是贾宝玉所不喜欢的。课本里面那些君君臣臣和伦理道德，贾宝玉是反对的。他认为这些东西和人性是相违背的，但是这种叛逆心理在现实生活中贾宝玉是不敢过于显露的。我相信现实生活中的我们都是如此，我们的知见在寻找方向的阶段，常常是迷茫的。贾宝玉把这种迷茫的心理带进了梦乡。在梦中，他听到警幻仙姑对他的批评，如同现实生活中父亲对他的教诲。贾宝玉立马拿出了现实生活中父亲让他学习的思想来解释：虽然不好好读书，但是父亲关于伦理道德的教诲，还是时时不会忘记的。

警幻道："非也。淫虽一理，意则有别。如世之好淫者，不过悦容貌，喜歌舞，调笑无厌，云雨无时，恨不能尽天下之美女供我片时之趣兴，此皆皮肤淫滥之蠢物耳。如尔则天分中生成一段痴情，吾辈推之为'意淫'。'意淫'二字，惟心会而不可口传，可神通而不可语达……"

眼耳鼻舌身意，都是可以让我们起心动念，警幻仙姑的话如当头棒喝，直指人心，毫无保留地叩问贾宝玉和每一位读者的居心。如果把《红楼梦》的男性分为两种，一种是薛蟠、贾琏、贾赦等人，他们的淫都是肉体

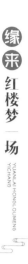

上的淫；另一种就是像贾宝玉这类人，他们会更高一层，不仅仅是停留在肉体上的欲望，精神上的升华他们也希求超越。

说到这里，我想起佛教的一则典故。阿耨达龙王听闻佛陀说法欢喜赞叹，于是预备了很丰盛的素斋，邀请佛陀及五百随身弟子来到龙宫受他供养。佛陀率领了五百弟子在阿耨达龙宫，个个坐在莲华上接受龙王那美味的供养。其中一位佛陀的堂弟迦耶尊者，在莲华座上讲起他在多生前的一件事情：他有一世是在寺院门口卖香的，生意非常好，并且还懂得一些佛理，是一名非常虔诚的佛教徒，再远的香客都会到他那里去买香。有一天来了一位漂亮的女子买香，他的心中立马生起爱慕之心，情不自禁地将手搭在了女子的肩膀上，没想到自己的非分之举引起了女子的反感。这位卖香男子立马道歉，生平有无数功德的卖香人死后堕入地狱受苦，主要原因就是生前对这位女子的举动。在烧手地狱受苦的他，开始发大愿，最终还生人间。可是来生之后，他那只曾经摸过女子肩膀的手，如同枯了的树木一样，血气不能流通，直到后来到佛前求医，才得到清凉自在。

我觉得这个故事放在贾宝玉的梦中就特别有启发意义。卖香男子的一个念头的意淫，就造成这样的后果，可见警幻仙姑对贾宝玉所说的话，过之而无不及，都是极具开示意味的。

我很庆幸，我能保持着清醒的头脑去看《红楼梦》第五回，现实生活中我们无法分清什么是梦、什么是想，什么是现实、什么是妄念，但是在这里，我得到了开示。

生命中完成另一个自我

"秘授以云雨之事,推宝玉入房,将门掩上自去",这些非常隐晦之事的描写,今天看来还会有些尴尬,很难想象,一个女子竟然教男性情爱之事。然而,有时候我们以为现实中不可能发生的事情,在梦中却会出现了。人都是有两面性的,在现实生活中我们无法成全自己的时候,有时候在梦中,在没有任何思维的情况下,倒是成全了梦中的自己,梦是可以为所欲为的。

贾宝玉的这场梦,其实是在完成现实生活中自己所完成不了的事情。现实生活中,贾宝玉面对薛宝钗和林黛玉之间的难以取舍,很想奢求做到不负如来不负卿。但是在梦中,他看到的一位女子是薛宝钗和林黛玉的结合体。其实这一切都是贾宝玉在现实生活中,另外一个我的表现。这个自我在种种教条之下不敢表现,在梦中却统统表现出来了。

"那宝玉恍恍惚惚，依警幻所嘱之言，未免有儿女之事，难以尽述。"有读者曾向我很委婉地表达看《红楼梦》有种意犹未尽的感觉，甚是大快人心之处有种隔靴搔痒的感觉。这位读者表达得很委婉，我却回答得很直接："在我眼中，我从来不会认为《红楼梦》是一本爱情小说，或者是尺度大的小说！"一本书之所以能够让你记忆犹新，念念不忘，必定在你的知味之中，给你抹上一些挥之不去的记忆，梦中的贾宝玉"恍恍惚惚"，这四个字足以让你醍醐灌顶，明白你曾经有多少次恍恍惚惚不知所以然。

"至次日，便柔情缱绻，软语温存，与可卿难解难分。"难解难分，不仅仅是肉体上的贪欲，更是精神上的贪婪。这是曹雪芹的厉害之处，在肉体和精神的世界之间，《红楼梦》划分得泾渭分明。这个女子是谁，梦里面的警幻仙姑也有交代，"吾妹一人，乳名兼美字可卿者，许配于汝。今夕良时，即可成姻。"其实这个交代并不奇怪，奇怪的是，当贾宝玉梦中惊醒的时候，有这样的一段描写：吓得宝玉汗下如雨，一面失声喊叫："可卿救我！"吓得袭人辈众丫鬟忙上来搂住，叫："宝玉别怕，我们在这里！"却说秦氏正在房外嘱咐小丫头们好生看着猫儿狗儿打架，忽听宝玉在梦中唤他的小名，因纳闷道：

"我的小名这里从没人知道的,他如何知道,在梦里叫出来?"

梦是科学无法解释的。在佛教的经典中,关于梦的解释,早已提出未来的事情可以在梦中提前出现,这并不是迷信。贾宝玉的梦徘徊在现实和梦幻之间,把别人的隐私也毫无遗漏地在梦中表现,曹雪芹的场景切换相当有意思。

这一回曹雪芹为贾宝玉的梦埋下了很多伏笔,在贾宝玉进入贾蓉之妻秦氏的房间之前,曹雪芹通过贾母的角度带出了秦氏:"贾母素知秦氏是个极妥当的人,生的袅娜纤巧,行事又温柔和平,乃重孙媳中第一个得意之人,见他去安置宝玉,自是安稳的。"这种写法,非常微妙,以贾母的眼光侧面反映出贾宝玉对秦氏的评价。

在贾宝玉入睡之前,特别强调"于是众奶母伏侍宝玉卧好,款款散了,只留袭人,媚人,晴雯,麝月四个丫鬟为伴。秦氏便分咐小丫鬟们,好生在廊檐下看着猫儿狗儿打架",等贾宝玉醒的时候,依然描写"却说秦氏正在房外嘱咐小丫头们好生看着猫儿狗儿打架,忽听宝玉在梦中唤他的小名"。这里是以猫狗暗喻情爱之事。现实生活中贾宝玉不敢做的事情,在梦中,另外一个自我全都实现了,虚幻和现实之间不停地切换,根本分不清哪个是真,哪个是假。

梦中时光长久,在当下却是一刹那。现实生活中得不到的"快活",在梦中这么快就实现了。在肉体的束缚和精神上的突破对抗的时候,我们很难两全,这有点像是人格分裂,但是在梦中你可以找到答案。我想,这就是《红楼梦》的伟大之处、智慧之处。

陆 边缘

对错真的没有绝对,慈悲方可圆融,在生命的该与不该、忍与不忍之间,唯独因果在一次次拷问着你。到最后你会发现,当下历练你的那些人并不是魔,而是成就你、成全你的菩萨。他们的慈悲尽在该与不该、忍与不忍之间让你选择。

小人物大问题

这两年，我听过最多的一句话便是"有人的地方就有是非"。这句话在《红楼梦》中得到了完美的印证，曹雪芹将人我之间的是与非写得非常真切生动。

《红楼梦》中你能随处看到人与人之间的问题，大到主子之间的，小到厨房与偏门门卫之间的斗嘴，这些矛盾在第六十一回，错综复杂地展现出来了。

柳家的深夜从外面回来，刚到了角门前，只见一个小幺儿笑道："你老人家那里去了？里头三次两趟叫人传呢，我们三四个人都找你老去了，还没来。你老人家却从那里来了？这条路又不是家去的路，我倒疑心起来。"（第六十回末）看似一句不经意的话，但是透露着一个偏门门卫的八卦，意思是这黑灯瞎火的，这个时候从外面回来，不知道有什么鬼？

那柳家的笑道:"好猴儿崽子,你亲婶子找野老儿去了,你岂不多得一个叔叔,有什么疑的!别讨我把你头上的杌子盖似的几根屄毛捋下来!还不开门让我进去呢。"其实《红楼梦》也是一本很好的心理学小说,柳家的听到门卫这么一说,自然想起自己的女儿五儿要进宝玉房里当丫头,但是嘴不是长在自己身上,传到别人的耳里,估计早就变成了五儿想做宝玉的小老婆这样的话,所以门卫的这话让柳家的听着刺耳,粗狂地说一句"你亲婶子找野老儿去了"。

《红楼梦》很多地方让你觉得无关紧要,但是很多时候这些无关紧要的人或事,是重要的。暴风雨来临之前,势必会有一些征兆出现,而这些小人物的出现,也预示着暴风雨的发生。

一个小小的门卫,曹雪芹写得如此出彩。他为什么要八卦,为什么要难缠,我想都是因为这门卫的生活状态所致,无聊的看门职位,总得有些生活的调剂品。刚好柳家的出现,让门卫觉得自己有用武之地了。

这小厮且不开门,且拉着笑说:"好婶子,你这一进去,好歹偷些杏子出来赏我吃。我这里老等。你若忘了时,日后半夜三更打酒买油的,我不给你老人家开门,也不答应你,随你干叫去。"强龙压不过地头蛇就是这个道理，管你柳家的是主厨还是什么，这门说不给你开就不给你开，这句要杏子的话，是不是这个门卫有意在强调什么？别小看一个看门的，纠缠到你，那真是阎王好见小鬼难缠。

有些时候，往往都是那些小人物才会出现大问题。柳氏啐道："发了昏的，今年不比往年，把这些东西都分给了众奶奶了。""一个个的不像抓破了脸的，人打树底下一过，两眼就像那鼇鸡似的，还动他的果子！昨儿我从李子树下一走，偏有一个蜜蜂儿往脸上一过，我一招手儿，偏你那好舅母就看见了。他离的远看不真，只当我摘李子呢。"记得小时候，每到收获的季节，爷爷都会在院子里或田地里没日没夜地守着，生怕会有人来偷粮食，同学放学回家经过爷爷的花生地，爷爷立马提起一百二十分精神，一直目送这些同学消失在回家的路上，没想到这样的事情也能在《红楼梦》的故事情节中看到。

"就尿声浪嗓喊起来，说又是'还没供佛呢'，又是'老太太，太太不在家还没进鲜呢，等进了上头，嫂子们都有分的'，倒像谁害了馋痨等李子出汗呢。"在寺院有一句话——"未供先吃三棒槌"，意思是这些斋饭、瓜果都需要供奉之后，自己方可食用，所以说没供完佛是

不能吃的,古代祠堂供奉也是这样的道理。这是中华文化几千年来传承的恭敬与对先人的孝道。然而在这一回,你会发现,同一句话不同的人所传达的意思是不同的。

"叫我也没好话说,抢白了他一顿。可是你舅母姨娘两三个亲戚都管着,怎不和他们要的,倒和我来要。这可是'仓老鼠和老鸹去借粮——守着的没有,飞着的有'。"这一句话,一下子牵出了多少陈年往事。从柳家的这段话中,我们不难看出府中的仆人们,也是沾亲带故的,关系网甚是复杂。

听到柳家的这一通长篇大论,夹枪带棒一下子带出了这么多人、这么多不相干的事情,有时候是非就是这样来的,但是古人极具智慧,教导"流言止于智者"。

有句话说得好,"人在屋檐下,不得不低头",接下来,这个小门卫的话就是这个意思。小厮笑道:"哎哟哟,没有罢了,说上这些闲话!我看你老以后就用不着我了?就便是姐姐有了好地方,将来更呼唤着的日子多,只要我们多答应他些就有了。"

我之前在接手某本杂志副主编的时候,办公室的快递特别多,有时候部门员工都无暇去拿快递。有一段时间,办公室的员工和门卫混熟了,直接请门卫代为保管和签收快件。这倒省去了我们不少不必要的麻烦，甚至有时候换班的门卫会把快递送到我们编辑部。其他部门的人都感到非常纳闷，说他们都享受不到这样的待遇，为什么我们部门可以。我只是笑笑说："我们部门的人每天上下班路过前后门的时候。总会对他们笑笑，点点头。"

职业不分贵贱，生命都值得尊重，或许这一点曹雪芹看得非常明白，才能把这些生活的小角色写得如此鲜活，我想这多半是因为曹雪芹把每一个生命都放在同一水平看待吧。

不同的人不同的理由

柳家的和看门的小厮拌嘴之后，紧接着又在厨房和小姐房中的丫鬟拌上了。

忽见迎春房里小丫头莲花儿走来说："司棋姐姐说了，要碗鸡蛋，炖的嫩嫩的。"柳家的道："就是这样尊贵。不知怎的，今年这鸡蛋短的很，十个钱一个还找不出来。昨儿上头给亲戚家送粥米去，四五个买办出去，好容易才凑了二千个来。我那里找去？你说给他，改日吃罢。"柳家的其实是把刚刚和看门小厮的怨气撒在了莲花儿的身上，再者莲花儿是迎春小姐身边司棋的使唤丫头，同是仆人身份，柳家的好歹是厨房的一把手，分位自然要比莲花儿高。

文学的价值就在于你以什么样的眼光去看待，读者的角度很重要。在莲花儿的眼中，这分明是柳家的故意刁难，但是对于柳家的，我们不排除刁难的成分在内。

"四五个买办出去,好容易才凑了二千个来",如果真是实话,对于人口众多的府中而言,真是供不应求,或许在刁难当中,我们可以看到这些不上不下被边缘化的人群的为难和困难之处。

莲花儿道:"前儿要吃豆腐,你弄了些馊的,叫他说了我一顿。今儿要鸡蛋又没有了。什么好东西,我就不信连鸡蛋都没有了,别叫我翻出来。"莲花儿的这句话透露出一个消息,便是柳家的也不是什么善类,这样的一个中立性人物,既有她可恨的地方,又有她小人物可爱的地方。莲花儿也不是胆小怕事之人。"一面说,一面真个走来,揭起菜箱一看,只见里面果有十来个鸡蛋,说道:'这不是?你就这么利害!吃的是主子的,我们的分例,你为什么心疼?又不是你下的蛋,怕人吃了。'"

莲花儿开始骂人了,直接是人身攻击。柳家的忙丢了手里的活计,便上来说道:"你少满嘴里混嗳!你娘才下蛋呢!通共留下这几个,预备菜上的浇头。姑娘们不要,还不肯做上去呢,预备接急的。"我想这样的话你绝对在生活中遇到过,比如说你在公司忙得不可开交的时候,想让身边闲下来的同事帮忙,没想到换来了一句:"我刚忙完,马上要搞下一份文件,哪有这个闲工夫!"

　　有时候我们抱怨生活的周遭缺乏人性的美好，其实并非如此，每个人都有看不到的地方，有时候你认为别人搭把手是顺手，但是在别人眼中或许此刻还有别的惦记，毕竟每个人都有自己的义务和职责。生活中，你要抱这样的心态：别人帮你是情分，不帮你也是本分。放平了心态，许多事情都会化干戈为玉帛。"你们吃了，倘或一声要起来，没有好的，连鸡蛋都没了。你们深宅大院，水来伸手，饭来张口，只知鸡蛋是平常物件，那里知道外头买卖的行市呢。别说这个，有一年连草根子还没了的日子还有呢。"再听听柳家的这句，并不是完全没有道理，这就是夹缝生存之中的为难和难为之处，毕竟人无远虑，必有近忧。

　　"我劝他们，细米白饭，每日肥鸡大鸭子，将就些儿也罢了。吃腻了膈，天天又闹起故事来了。"这就是主子们难伺候的地方，一个厨房要应对几千张嘴，正所谓众口难调。

　　"鸡蛋，豆腐，又是什么面筋、酱萝卜炸儿，敢自倒换口味，只是我又不是答应你们的，一处要一样，就是十来样。我倒别伺候头层主子，只预备你们二层主子了。"不是柳家的故意要给莲花儿添堵，而是上头的刁难千奇百怪的，谁都怠慢不起。在这里，我们要注意柳家话里的"头层主子"和"二层主子"。"头层主子"是宝玉这些人,"二层主子"指的是晴雯、袭人,还有司棋等人。这话如果换成是柳家的在晴雯面前说,"二层主子"这样的字眼估计就不会出现,很明显可看出了柳家心中的不平。

其实,有时候我们真的很难站在公平的角度看问题。从柳家的一席大道理来看,每一条生命都有他活着的理由。我想,正因为如此,曹雪芹才不会不加以任何评判,让大家自己去衡量。

因为伟大，所以卑微

莲花儿在柳家的这边要鸡蛋不但没要到，反而白白受这样的气，她口齿伶俐地抓柳家的理："谁天天要你什么来？你说上这两车子话！叫你来，不是为便宜却为什么。"莲花儿站在自己的角度觉得委屈，认为柳家的不讲道理，说了一箩筐的话，"叫你来，不是为便宜却为什么"。这里的"便宜"是方便的意思，没想到柳家的倒不行这个方便。

第六十一回一直在写不同人物之间的矛盾，而且都是那些不沾边的事情导致的。"前儿小燕来，说'晴雯姐姐要吃芦蒿'，你怎么忙的还问肉炒鸡炒？小燕说'荤的因不好才另叫你炒个面筋的，少搁油才好'。你忙的倒说'自己发昏'，赶着洗手炒了，狗颠儿似的亲捧了去。"这不简单的莲花儿，尽能挑出别人的毛病。芦蒿的工艺比起炖鸡蛋，那可要复杂了许多，从莲花儿的话中，倒看不出柳家的觉得麻烦之处，还巴巴地献殷勤问加不加别的调料。读到这段文字的时候，我相信"拍马屁"三个字也许会出现在你脑海中。柳家的为什么要这么做，知道前因后果的人，都认为柳家的为了五儿的前程，故意巴结宝玉房里的人。

不是当家的，不知道柴米贵。我们再看看柳家的如何说："阿弥陀佛！这些人眼见的。别说前儿一次，就从旧年一立厨房以来，凡各房里偶然间不论姑娘姐儿们要添一样半样，谁不是先拿了钱来，另买另添。有的没的，名声好听，说我单管姑娘厨房省事，又有剩头儿，算起帐来，惹人恶心：连姑娘带姐儿们四五十人，一日也只管要两只鸡，两只鸭子，十来斤肉，一吊钱的菜蔬。你们算算，够作什么的？"人与人之间最难算的就是这笔人情账。

有一段时间，我们杂志的摄影师忽然态度转变了，派她拍照也不那么积极了。我很纳闷，不知道问题出在哪里，还以为是杂志的出版导致她摄影的审美疲劳。直到有一天我从别的员工那里得知，摄影师最近老在抱怨每次出去采风虽然有费用补贴和报销，但是那些没名头的账目都是自己花销，比如说坐地铁的钱、去景区景点摄影的门票等。这些都没有凭据，不好拿回单位报销。

得知这个问题之后,每一次杂志结算稿费时,我总会多申请一些费用,用于这些不能报销的支出。很简单的一个例子,比如去景区的门票,你拿回单位报销,别的部门的人难免会抱怨,我们拿着工资,然后拿着单位的钱出去消费,谁还会去想你出去拍照片的辛苦!

接着我们再回头读读下面的对话。"连前儿三姑娘和宝姑娘偶然商议了要吃个油盐炒枸杞芽儿来,现打发个姐儿拿着五百钱来给我,我倒笑起来了,说:'二位姑娘就是大肚子弥勒佛,也吃不了五百钱的去。这三二十个钱的事,还预备的起。'赶着我送回钱去。到底不收,说赏我打酒吃,又说'如今厨房在里头,保不住屋里的人不去叨登,一盐一酱,那不是钱买的。你不给又不好,给了你又没的赔。你拿着这个钱?全当还了他们素日叨登的东西窝儿。'"正所谓物不平则鸣,就像我们摄影师一样,有些话是不能放在台面上说的,这里没有谁好谁坏,也没有谁卑微谁大方,事与事之间,很难有个衡量的标准。

莲花儿认为是柳家的巴结宝玉家里的人,为自己的女儿铺路,故意刁难人,而站在柳家的角度,这供不应求、入不敷出的伺候难免让人心生怨气。读到这里的时候,我看到是生命的感动,柳家的真是有意巴结宝玉房里的人，也是因为母爱使然。

有时候生活中有很多举动让我们看不惯，但是每一件事情的背后都会有它存在的理由。对于柳家的而言，这一切的一切，都是因为爱得很伟大，所以活得很卑微。

矛盾是怎么来的

司棋在《红楼梦》的出场并不多，但作为曹雪芹笔下的这个小人物，却在《红楼梦》中为自己革命了两次。

如果晴雯是一个不得了的丫鬟，那么司棋比晴雯更加厉害，晴雯的辣远不及司棋的猛。

第六十一回中司棋真正出场了。但是这个人的出场曹雪芹写的并不是一个本分的丫鬟，而是一个享有小姐待遇的丫鬟，被看低后的反抗。所以司棋决定大闹厨房，和柳家的一决高下。

司棋带着小丫头子们到厨房七手八脚抢上去，一顿乱翻乱掷的，唬得那些厨房的老婆子们生怕闹起事来，连忙劝道："姑娘别误听了小孩子的话。柳嫂子有八个头，也不敢得罪姑娘。说鸡蛋难买是真。我们才也说他不知好歹，凭是什么东西，也少不得变法儿去。他已经悟过来了,连忙炖上了。姑娘不信瞧那火上。"

其实这一回曹雪芹并不是真正在写人与人之间的矛盾与冲突,而是想告诉我们矛盾是怎么来的。在这里,我想和大家做一个游戏,我们试着倒着读这一段,你会发现特别有启发。

厨房的众人劝司棋"姑娘别误听了小孩子的话",这个小孩子是谁,我们一定要明白,因为这个人非常重要。我们看看这件事情的前因后果,最重要的一个人是莲花儿。司棋带着众人大闹之前,发生了什么,遇见了谁,我想我们很有必要仔细读读,一定会让你受益匪浅。

"正乱时,只见司棋又打发人来催莲花儿,说他:'死在这里了,怎么就不回去?'莲花儿赌气回来,便添了一篇话,告诉了司棋。司棋听了,不免心头起火。"此刻司棋伺候迎春饭罢,带了小丫头们走来,见了许多人正吃饭。众人见她来的势头不妙,都忙起身陪笑让坐。

就是因为"莲花儿赌气回来,便添了一篇话",让司棋这么大动干戈。这里面的文章全都在这一句话里。添油加醋、火上浇油是我们所厌恶的,在这里面,曹雪芹用了一种很隐晦、很委婉的方式将人性的多面表达出来。

我们再换另外一种想法,如果莲花儿回来之后,简

简单单、轻描淡写地说了一遍，估计司棋也不会有下面大闹厨房的举动了。

人际关系，这里面有很大的学问，莲花儿添的一篇话起了很大的发酵作用。有时候我们生活中传话的人就是这样，或是轻描淡写，或是郑重其事地添油加醋，并不是这些人有多坏，而是我们每个人看同样一件事情的角度多有不同。

说到这里，我忽然想起了六尺巷的典故。清朝康熙年间的大学士张英，收到了一封家里的来信。原来是家人和邻居之间在争一块土地，谁都不肯退让，所以家人想借助张英的职权开通绿道，张英却做出了让人意想不到的事情，坦然一笑地给家人回了一封信："千里修书只为墙，让他三尺又何妨？万里长城今犹在，不见当年秦始皇。"家人接到回信之后，主动让出三尺土地。邻居深受感动，也让出了三尺土地。这段化干戈为玉帛的故事流传至今。我想，人际交往理应如此。

我认为《红楼梦》是一本给人智慧、教人改变自我的世间经书，也是一本非常优秀的人际交往学、心理学、美学、管理学的书籍。

陆·边缘

这样的人是如何死的

司棋闹完事之后,就不了了之地走了,接下来镜头就转向了柳家的。"柳家的只好摔碗丢盘自己咕嘟了一回,炖了一碗蛋令人送去。司棋全泼了地下了。那人回来也不敢说,恐又生事。"

就这么简单的几句,曹雪芹却这样轻描淡写地带过了,但是我却认为这几句话非常重要。所有的事情,曹雪芹用莲花儿的"添了一篇话"和那人"回来也不敢说",把缘起缘灭,有始有末地全都概括进来了。

我们经常会看到这样的话题,比如"什么样的员工才能得到老板的欣赏""活该你找不到工作""为什么你被炒鱿鱼"等。如果给你这样的一个话题去讨论,你也许会滔滔不绝,有说不完的大道理。但是曹雪芹就用这么简单的一句话概括了你作为员工不被人欣赏的原因。

"柳家的只好摔碗丢盘自己咕嘟了一回，炖了一碗蛋令人送去。"柳家的被司棋一顿教训之后，反倒乖了。司棋在闹事的时候，大家劝阻，说了一句这样的话："柳嫂子有八个头，也不敢得罪姑娘。说鸡蛋难买是真。我们才也说他不知好歹，凭是什么东西，也少不得变法儿去。他已经悟过来了，连忙炖上了。姑娘不信瞧那火上。"

不知道大家是否注意到这个细节，柳家的和莲花儿拌嘴之后，虽然说没有鸡蛋，但是事出之前，柳家的还是给司棋炖上了鸡蛋。

曹雪芹真的很厉害，每次读到这里的时候，我都感到不好意思，原来可恨的并不是身边的那些人，而是自己的一颗心。我时常在想，是多么有摄受力的文字，才能让一颗如青梗峰上的石头般的心被感化？我想也只有"慈悲"二字才会让人去忏悔。

大家在企业可能会遇到这样的人，每次有任务的时候，他们总会在口头上说七说八。你以为这些人不服从上级或团体的安排，可是到最后你却发现，其实这些人只是嘴上不饶人，但是实际的工作他们也做了，只不过他们比那些默默无闻的人多了一份抱怨而已。前几年，根据六六同名小说改编轰动全国的电视剧《蜗居》中，海萍因反对日资企业无条件八个小时工作外的加班，和领导之间起了口角，最后被开除。我觉得海萍像极了柳家的，海萍每次加班，每次都会抱怨，但是她总会在人后把工作做好，班也加了，领导就是不满意。这是为什么呢？我想她和柳家的一样，管不住自己的一张嘴，才会招来这些不必要的麻烦。

就像是奖励别人大红花一样，你人前不插花却插在人后，那别人肯定是不乐意的，所以当炖好的鸡蛋送到司棋面前的时候，司棋会毫不犹豫地当面倒在地上。我想曹雪芹正是借助柳家的故事给我们开示了为人处世的道理。

人争到最后争的是什么

当一切矛盾过后,柳家的带上炖好的鸡蛋,送到司棋面前,司棋却全泼在了地下。

从不平凡的第六十一回中,我们不难发现,人为了争一口气而做出不理智的举动是多么可笑。但是站在司棋的角度来看,真的是这样的吗?

司棋是一个为自己的身份和爱情敢于革命的姑娘。司棋爱着一个人,但是碍于自己的身份,不可自由恋爱。但是她敢于冲破一切束缚,按照自己的心愿去实现,可见司棋的伟大之处。然而在身份上,受到了柳家的歧视之后,司棋毫不犹豫地大闹厨房,搅得鸡犬不宁,可见她对自己尊严的维护,容不得半点无关紧要的践踏。

从一个想吃鸡蛋的念头,到吃不到鸡蛋,再到最后柳家的亲手把鸡蛋送到司棋面前,然后她当着柳家的面把鸡蛋倒掉。你会发现，一个人的起心动念是非常重要的，一旦心起，最后你所想要的并不是鸡蛋那么简单了，而是起心动念之间，让你摸不透的是善缘还是恶缘。

《红楼梦》给了我智慧，那就是凡事之间，不要去看对与错，而是该与不该、忍与不忍。司棋毫不客气地把鸡蛋倒在地上，或许那一刻正是在暗示我们，虽然她表面上赢了，但是从人格深处，司棋输了，她输的不仅仅只是身份，我想司棋爱情的失败不仅仅只是当时封建社会的腐朽，而是司棋为爱殉情那一刻，就像是倒在地上的鸡蛋，是她自己不懂得给自己留一份该与不该、忍与不忍的空间。

二十年来辨是非，学了二十多年的对与错，到头来却发现现实生活只讲输和赢。

所有的遇见都是菩萨的示现

我读《红楼梦》的时候，曹雪芹告诉我一个道理：有些事情你看似处理完了，其实你反而把事情搞砸了，比如说因果。

柳家的和司棋因为鸡蛋的矛盾刚刚平息，柳五儿这边又出问题了。"柳家的打发他女儿喝了一回汤，吃了半碗粥，又将茯苓霜一节说了。五儿听罢，便心下要分些赠芳官，遂用纸另包了一半，趁黄昏人稀之时，自己花遮柳隐的来找芳官。且喜无人盘问。一径到了怡红院门前，不好进去，只在一簇玫瑰花前站立，远远的望着。"前面讲的是鸡蛋引发出来的矛盾，紧接着便是因为茯苓霜的事情，又将矛盾升级。其实每次读到这里的时候，我深为古人所说的那句"不是不报，时辰未到"感到畏惧。有些时候，一些小事都会酝酿成一件致命的事件。其实我们生活中所见的那些大事，许多都是这些微不足道的小事所堆积起来的。

　　五儿便将茯苓霜递与了小燕，又说这是茯苓霜，告诉她如何吃，如何补益，让小燕转交给芳官，然后便作辞回来。"正走蓼溆一带，忽见迎头林之孝家的带着几个婆子走来，五儿藏躲不及，只得上来问好。林之孝家的问道：'我听见你病了，怎么跑到这里来？'"故事讲到这里忽然开始转折了，柳五儿的事情出来了。她自己一人花遮柳隐地来找芳官，是一件不宜让人知道的事情，可这下偏偏让林之孝家的发现。

　　五儿撒了一个谎，不料被林之孝家的当场戳穿。"林之孝家的听他辞钝色虚，又因近日玉钏儿说那边正房内失落了东西，几个丫头对赖，没主儿，心下便起了疑。可巧小蝉，莲花儿并几个媳妇子走来，见了这事，便说道：'林奶奶倒要审审他。这两日他往这里头跑的不像，鬼鬼唧唧的，不知干些什么事。'"

　　"可巧小蝉，莲花儿并几个媳妇子走来"，你有没有发现，人生所有的遇见都在这"可巧"二字之上？它容不得你有半点的时间去彩排和商量，就这样匆匆地推着你上场，莲花儿因为为主子司棋炖鸡蛋和柳家的发生冲突，小蝉也曾经因为一些事情与柳家的有过过节。

　　不管是在曹雪芹这本文学巨著中，还是在我们现实生活中，有个共同点——周边一切人的出现，都是有事故的。就像小蝉和莲花儿一样，她们的出现都是因果使然，让她们"可巧经过"，而那些不曾在你身边出现的，多半和你没有什么关联，对你而言，那只不过是你听过来的故事罢了。事故和故事唯独不同的地方是，你根本分不清哪个是因，哪个是果。

　　小蝉又道："正是。昨儿玉钏姐姐说，太太耳房里的柜子开了，少了好些零碎东西。琏二奶奶打发平姑娘和玉钏姐姐要些玫瑰露，谁知也少了一罐子。若不是寻露，还不知道呢。"莲花儿笑道："这话我没听见，今儿我倒看见一个露瓶子。"林之孝家的正因这些事没主儿，每日凤姐儿使平儿催逼他，一听此言，忙问在那里。

　　小蝉的一席话正合林之孝家的的心意，这一次的一拍即合，又是一句话的事情。莲花儿添了一篇话，惹出来司棋大闹厨房的事情。厨房众人劝闹事的司棋，也是一句话的事情，平了司棋的怒火。柳家的派人给司棋送鸡蛋，司棋当面把鸡蛋给倒在了地上，那被指派送鸡蛋的人回来也不敢说，恐又生事，也是因为一句话的事情。此事因为小蝉的一句话，让原本起疑心的林之孝家的，现在开始探查玫瑰露被偷的事情。

一念成魔，一念成佛。有时候身边的那些人和事，你根本没有办法分清是与非。

莲花儿笑道："这话我没听见，今儿我倒看见一个露瓶子。"林之孝家的正因这些事没主儿，每日凤姐儿使平儿催逼他，一听此言，对于无头公案，看谁当替死鬼。有些惊人的事情并不可怕，可怕的是周边那些人的举动，然后牵连一大批人出来，用林之孝家的话来说，就是"不管你方官圆官，现有了赃证，我只呈报了，凭你主子前辩去。"

"那时李纨正因兰哥儿病了，不理事务，只命去见探春。探春已归房。人回进去，丫鬟们都在院内纳凉，探春在内盥沐，只有待书回进去。半日，出来说：'姑娘知道了，叫你们找平儿回二奶奶去。'"读到这里的时候可能有点懵，既然探春不能担当事儿，是不是觉得探春的出现有点多余，但是，我说过，一切的遇见都是菩萨的示现，因果从来都是可巧使然的，许多学问和悟性都在这"可巧"二字中参悟。

林之孝家的只得领出来。到凤姐儿那边，先找着了平儿，平儿进去回了凤姐。凤姐方才歇下。柳家的"听见此事，便吩咐：'将他娘打四十板子，撵出去，永不许进二门。把五儿打四十板子，立刻交给庄子上，或卖

或配人。'"事情发展到王熙凤这里，柳五儿的命运估计大家都能预料将会怎样，王熙凤是掌权人，在柳五儿的这件事情之上，王熙凤看的不是过程，而要的是结果，她需要秉公处理，她更需要树立威信，然后把后续处理的尾事就交给了平儿。

平儿是一个非常聪明的人，问了柳五儿事情的缘由之后，因为王熙凤身体不好，刚吃完药需要早点休息，所以就把这件事情搁在了第二天处理。林之孝家的不敢违拗，只得带了出来交与上夜的媳妇们看守，自便去了。

"此时天晚，奶奶才进了药歇下，不便为这点子小事去絮叨。如今且将他交给上夜的人看守一夜，等明儿我回了奶奶，再做道理。"正所谓夜长梦多，后来那些和他母女不和的人都开始打起小算盘。"巴不得一时撵出他们去，惟恐次日有变，大家先起了个清早，都悄悄地来买转平儿，一面送些东西，一面又奉承他办事简断，一面又讲述他母亲素日许多不好。"这里有种墙倒众人推的感觉。

"这里五儿被人软禁起来，一步不敢多走。又兼众媳妇也有劝他说，不该做这没行止之事；也有抱怨说，正经更还坐不上来，又弄个贼来给我们看，倘或眼不见寻了死，逃走了，都是我们不是。于是又有素日一干与柳家不睦的人，见了这般，十分趁愿，都来奚落嘲戏他。"其实生活中的所有事情，之所以成为大家关注的对象，并不是肇事者做了些什么事情，而是周遭的人都议论些什么，说来说去还是一句话的事情。柳五儿的遭遇，让我想起了阮玲玉的香消玉殒，都是流言蜚语所致。可见看似不经意的一句话，有可能会变成幕后杀手。

平儿并不是糊涂人，悄悄来访袭人，向袭人打听这件事情，袭人便说："露却是给芳官，芳官转给何人我却不知。"

袭人于是又问芳官，芳官听了，唬天跳地，忙应是自己送他的。物以类聚，人以群分，芳官的坦然与柳五儿的分享其实都是生命中的一种感动。芳官知道这件事情的严重性，便又告诉了宝玉，宝玉也慌了，说："露虽有了，若勾起茯苓霜来，他自然也实供。若听见了是他舅舅门上得的，他舅舅又有了不是，岂不是人家的好意，反被咱们陷害了。"

情况开始转变了。事情发生后，只要是宝玉出现，所有的事情都会迎刃而解，宝玉对于大家而言，真是千处祈求千处应，所以后面贾宝玉把所有的事情往自己身上揽，但是好人都不是那么好当的，诚如晴雯直言："太太那边的露再无别人，分明是彩云偷了给环哥儿去了。"

大家都知道这件事情的始作俑者是谁，但是大家都不揭穿，原因在于探春。这件事情牵连到探春的生母赵姨娘，大家对探春的印象非常好，所以一件事情的背后，不知道有多少的法制和人情牵涉在其中。面对这样的事情，平儿笑道："这也倒是小事。如今便从赵姨娘屋里起了赃来也容易，我只怕又伤着一个好人的体面。别人都别管，这一个人岂不又生气。我可怜的是他，不肯为打老鼠伤了玉瓶。"情与法之间，王熙凤和平儿的态度，你不能说谁慈悲，也不能说谁无情，因为这一切都是因缘而生的。

平儿为了把彩云和玉钏儿揪出来，就使了一招声东击西的办法说柳五儿被抓起了，玉钏儿问贼在哪里，彩云听了，不觉红了脸，一时羞恶之心感发，便说道："姐姐放心，也别冤了好人，也别带累了无辜之人伤体面。偷东西原是赵姨奶奶央告我再三，我拿了些与环哥是情真。连太太在家我们还拿过，各人去送人，也是常事。我原说嚷过两天就罢了。如今既冤屈了好人，我心也不忍。姐姐竟带了我回奶奶去，我一概应了完事。"众人听了这话，一个个都诧异，她竟这样有肝胆。

不经意的细节，生命的感动就在这些小人物的身上。对于那些上得了台面上的人而言。他们之间无非就是那些虚情假意尔虞我诈的较量。但是人生中的许多感动都是这些小人物所带来的。

在所有的忍与不忍之间，于是大家商议妥帖，平儿带了他两个并芳官往前边来，至上夜房中叫了五儿，将茯苓霜也悄悄地教她说系芳官所赠，五儿感谢不尽。

一面是慈悲的解救，一面是众生的无常轮回，林之孝家的带领了几个媳妇，押解着柳家的等候多时。林之孝家的又向平儿说："今儿一早押了他来，恐园里没人伺候姑娘们的饭，我暂且将秦显的女人派了去伺候。姑娘一并回明奶奶，他倒干净谨慎，以后就派他常伺候罢。"

秦显是司棋的婶娘。这些庞杂的人群之间的关系，让你看不明白。其实到最后，法无外乎是被人情所左右。最后平儿把这些人打发了，然后她向王熙凤交代事情的结果。

"凤姐儿道：'虽如此说，但宝玉为人不管青红皂白，爱兜揽事情。别人再求求他去，他又搁不住人两句好话，给他个炭篓子戴上，什么事他不应承。咱们若信了，将来若大事也如此，如何治人。还要细细的追求才是。依我的主意，把太太屋里的丫头都拿来，虽不便擅加拷打，只叫他们垫着磁瓦子跪在太阳地下，茶饭也别给吃。一日不说跪一日，便是铁打的，一日也管招了。又道是'苍蝇不抱无缝的蛋'。虽然这柳家的没偷，到底有些影儿，人才说他。虽不加贼刑，也革出不用。朝廷家原有罣误的，倒也不算委屈了他。'"其实从有些事情上，我们看到的那些无情之人，并不是他们无情，而是他们被人情所左右，变得麻木罢了。

平儿道："何苦来操这心！'得放手时须放手。'什么大不了的事，乐得不施恩呢。依我说，纵在这屋里操上一百分的心，终久咱们是那边屋里去的。没的结些小人仇恨，使人含怨。况且自己又三灾八难的，好容易怀了一个哥儿，到了六七个月还掉了，焉知不是素日操劳太过，气恼伤着的。如今乘早儿见一半不见一半的，也倒罢了。"平儿的这句话意思是得饶人处且饶人，但是平儿的这句话也是一场开示。她讲了两层意思：第一层意思是，凡事不能做得太满，给自己留一个转身的余地。这里有段经典话语送给大家："自古人生最忌满，半贫半富半自安。半命半天半机遇，半取半舍半行善。半聋半哑半糊涂，半智半愚半圣贤。半人半我半自在，半醒半醉半神仙。半亲半爱半苦乐，半俗半禅半随缘。人生一半在于我，另外一半听自然。"第二层意思是生命中总要有一些慈悲，所以平儿一语指中王熙凤的要害：

"况且自己又三灾八难的，好容易怀了一个哥儿，到了六七个月还掉了，焉知不是素日躁劳太过，气恼伤着的。"人生惜福的同时，也要积福，可惜这一点，王熙凤始终不懂。

这件事情发展到这里，会出现很多面孔。这些面孔就像是一张张菩萨的脸一样，给你启迪，给你开示，让你从不同的角度参悟不同的道理，对错真的没有绝对，慈悲方可圆融。在生命的该与不该、忍与不忍之间，因果一次次拷问着你。到最后你才发现，当下给你磨炼的那些人并不是魔，而是成就你、成全你的菩萨。

到底是占了便宜还是吃了亏

平儿替柳五儿翻案之后，吩咐林之孝家的："大事化为小事，小事化为没事，方是兴旺之家。若得不了一点子小事，便扬铃打鼓的乱折腾起来，不成道理。如今将他母女带回，照旧去当差。将秦显家的仍旧退回。再不必提此事。只是每日小心巡察要紧。"

这件事情上，柳家的看似是有惊无险，到底是吃了亏，但是在我看来，这是对柳家的一个教训。《红楼梦》一直在讲人我之间留一个转身的余地，同时给别人留一个转身的空间，这也是让我感动的地方。生活中那些曾经让我们看不开看不惯的人，曹雪芹似乎在暗暗地告诉你原谅他、理解他，就像是柳家的和司棋之间的矛盾，你就很难说清谁对谁错。

林家的将柳家的母女带回园中，回了李纨探春，二人皆说："知道了，能可无事，很好。"读到这里，另一番学问出来了，其实是李纨有意避开这件事情，因为里面有探春的尴尬之处，这就是管理上的难处，两者的权衡是最让人头疼的。"能可无事，很好"，这话一语双关，一方面大家太平了，另一方面探春不会尴尬了。真像极了我们的生活，有时候你根本不知道自己到底是占了便宜还是吃了亏。

"司棋等人空兴头了一阵。那秦显家的好容易等了这个空子钻了来，只兴头上半天。"是不是有种到手的鸭子还能让它飞了的感觉，秦显家的凳子还没有坐热，屁股就要离开。

"（秦显家的）在厨房内正乱着接收家伙米粮煤炭等物，又查出许多亏空来，说：'粳米短了两石，常用米又多支了一个月的，炭也欠着额数。'"新官上任三把火，其实这些都不是重点，重点是秦显家的"一面又打点送林之孝家的礼，悄悄的备了一篓炭，五百斤木柴，一担粳米，在外边就遣了子侄送入林家去了；又打点送帐房的礼；又预备几样菜蔬请几位同事的人，说：'我来了，全仗列位扶持。自今以后都是一家人了。我有照顾不到的，好歹大家照顾些。'"这让我想起寺院斋堂的一句话："五观若存金易化，三心未了水难消。"吃饭即是修行和修心的过程，但古人也常说"众口难调"，讲的也是人心，秦显家的"倾家荡产"变卖东西去上下打点，就是为了堵住悠悠之口，打点上下的人情世故，方便自己日后。与人方便，自己方便，但是有时候，正是因为这种方便，才出了很多的不堪入流，方便出下流，慈悲生祸害，这里面讲的就是一个度。而秦显家的心急，迫不及待地上位打点，最后落了个别人的逐客令："看过这早饭就出去罢。柳嫂儿原无事，如今还交与他管了。"秦显家的听了，轰去魂魄，垂头丧气，登时偃旗息鼓，卷包而出。送人之物白丢了许多，自己倒要折变了赔补亏空。连司棋都气了个倒仰，无计挽回，只得罢了。

我不知道此时此刻用"喜极生悲"来形容秦显家的是否贴切，但是在曹雪芹笔下的这些小人物，却让我想到了自己。读到这里的时候，或许有些人在骂活该，但是回头想想我们，那真是五十步笑百步，没什么区别，甚至更加难堪。

无有恐怖，远离颠倒梦想

玫瑰露这件事情，不仅仅只是让柳家的母女受到惊吓，就连赵姨娘也是"因彩云私赠了许多东西，被玉钏儿吵出，生恐查诘出来，每日捏一把汗打听信儿。"赵姨娘是一个怕事的人，也是一个喜欢在背后闹事的人，这一切都是源于她半主子半仆人的尴尬地位。

值得关注一点，生活中不仅仅那些大人物的心理我们分析不清，其实小人物的内心世界我们也是无法体会的，赵姨娘听说是宝玉把事情给扛了下来，自然是欢喜得不得了，但是贾环却不然。贾环听如此说，便起了疑心，将彩云凡私赠之物都拿了出来，照着彩云的脸摔了去，说："这两面三刀的东西！我不稀罕。你不和宝玉好，他如何肯替你应。你既有担当给了我，原该不与一个人知道。如今你既然告诉他，如今我再要这个，也没趣儿。"

《红楼梦》很大一部分是讲孩子们的故事，类似贾

环的这句话，年少时的你我可能都说过，这并不是贾环的无知，而是本性的善良，孩子们的世界永远都是天真的，而大人们的世界却是认真的，所以我们大人会感到很累，因为我们把成败看得太重了。

有人说贾环是一个不知好歹的人，但是你有没有想过，当你看着别人的事故时，有没有想过那些背后不为人知的故事，贾环之所以打彩云，往往都是因为卑微者的自我保护，因为他们缺乏的是爱。

这类人有个很明显的表现，他们会认为你对他的好是有目的的，他们会防备你的好。他们的内心世界，别人很难走进去，因为现实生活中，他们的内心世界是伤痕累累，他们没理由不把自己裹起来，并且裹得紧紧的，让你看不透，这类人往往是孤僻的。

《心经》里有一句："无有恐怖，远离颠倒梦想。"每次读到这里的时候，我脑海里都会浮现出那些卑微者的面容，包括《红楼梦》中那些三千大千世界的微尘众生。因为他们相信爱，所以才会受伤害，因为他们心中还有对爱的渴望，所以他们才会如此自我保护。想到"因爱生忧"的颠倒，我瞬间觉得这些人都是出来度化我们的，让我们明白自己存活在世上，不是让生命来服侍我们的灵魂，而是用我们灵魂的信仰来为众生服务的。

柒

情缘

生命的美丽并不是死在作者创作的思维下,而是牺牲在读者不能以心印心的分别上,当有色的视觉和无我的创作碰撞时,我蓦然明白,为什么《金刚经》上会说"应无所住而生其心"了。

生命的不敢和不忍

今天我看《红楼梦》还是会流泪，朋友说我太感性了，但是我内心深深明白一个道理，因为懂得所以慈悲。在《红楼梦》里总有一些人的故事流淌着自己的泪水。

第六十二回足以让我流很多眼泪，因为我看到了生命太多的不忍、不该、感动、感慨，总之是百感交集。特别是被贾环打了一巴掌的彩云，"自己气的在被内暗哭"的那个场景，是多么令人揪心。

彩云之所以偷玫瑰露，其实都是为了和贾环好，但是这片心却被贾环辜负了。有人说这是彩云为了成为贾环的妾才会这样做，但是对于彩云而言，我想起了路明的一句话："有时候觉得'如约而至'是个多么美好的词。等得很苦，却从不辜负。"但是对于彩云而言，这一生用情的等待，却换来了一场莫名的无奈和不该，这种痛楚如何去表白。

这不仅仅是小人物的无辜，更是大人物的无奈。第六十二回中，曹雪芹用了一个很明显的对比，将主子赵姨娘和主子贾宝玉做了一番对比，同时也将主子贾宝玉和仆人彩云做了一番对比。

贾环将彩云凡私赠之物都拿了出来，照着彩云的脸摔了去，然后骂彩云，赵姨娘一边护着彩云，一边"便要收东西"。用心去观察，在我们的生命中，那些对你好的人未必真的对你好，赵姨娘就是如此，她是一个非常物质的女人，她的物质来源于她生活的拮据和精神的匮乏，她需要填充，所以这些被孩子们摔出去的东西，在赵姨娘的眼中是值钱的。这里又有了明显的对比，在同样的一件事物上，在三个人眼中，彩云和贾环看到的不是物质，而是你我精神的寄托，而赵姨娘看到的则是肉体对物质的依赖。

第六十二回镜头转换得非常快。前面还在讲家庭之间的不愉快，为了一瓶小小的玫瑰露闹得大家不愉快，下面就开始讲贾宝玉过生日收到了很多礼物。

"当下又值宝玉生日已到，原来宝琴也是这日，二人相同。因王夫人不在家，也不曾像往年闹热。"所有的对比都在"不曾像往年闹热"这句话中。我们接下来看看这个"不热闹"的场景是多么的"冷清"。

只有张道士送了四样礼,换的寄名符儿;还有几处僧尼庙的和尚姑子送了供尖儿,并寿星纸马疏头,并本命星官值年太岁周年换的锁儿。家中常走的女先儿来上寿。王子腾那边,仍是一套衣服,一双鞋袜,一百寿桃,一百束上用银丝挂面。薛姨娘处减一等。其余家中人,尤氏仍是一双鞋袜;凤姐儿是一个宫制四面和合荷包,里面装一个金寿星,一件波斯国所制玩器。各庙中遣人去放堂舍钱。又另有宝琴之礼,不能备述。姐妹中皆随便,或有一扇的,或有一字的,或有一画的,或有一诗的,聊复应景而已。

这是一个很不融洽的对比,赵姨娘一家子,为了玫瑰露争吵不休,而贾宝玉一个"不热闹"的生日却如此奢靡,人与人之间的悬殊真的是太大了,但是我想问,既如此,贾宝玉幸福吗?我想未必如此。

"(贾宝玉)歇一时,贾环贾兰等来了,袭人连忙拉住,坐了一坐,便去了。宝玉笑说走乏了,便歪在床上。"贾宝玉过生日有太多的繁文缛节了,其实他也是很烦的,但是不能表现出来,大家都是来给他过生日的,按照贾宝玉的性格是不会辜负大家的好意,所以即使是心中不耐烦,但也要隐忍着,把持着。"宝玉笑说走乏了,便歪在床上"和受委屈的彩云"自己气的在被内暗哭",

其实都是生命中我们不曾看到的真实。前者是不忍，后者是不敢，这些都是一种生命的示现，所以有时候我们看到的未必真是所看到的那样。《金刚经》一句"无我相、无人相、无众生相、无寿者相"真是道尽了这里的不为人知，道尽了赵姨娘对物质的不舍、贾宝玉对奢靡的不屑，同时也道尽了彩云对人我之间的不敢、贾宝玉对慈悲的不忍。生命本身就是一具皮囊里裹着灵魂，一切情仇爱恨的面具都不值得我们憎恨和欢喜，一切都是会改变的，甚至有些人到最后连灵魂都不知道哪里去了。

林黛玉和史湘云的酒令

大家给贾宝玉过生日,史湘云提议玩酒令,宝玉嫌史湘云要求的酒令太难了,黛玉便道:"你多喝一钟,我替你说。"宝玉真的喝了酒,这时该是林黛玉在贾宝玉的生日上大显才华的时候了。

"落霞与孤鹜齐飞",这第一句来自王勃的《滕王阁序》,勾勒出一幅宁静致远的秋天画面,很有"白云千载空悠悠"的寂寥之感;"风急江天过雁哀",这与陆游诗"风急江天无过雁,月明庭户有疏砧"似乎有相反的意思,但文字中无不透露着悲凉;"却是一只折足雁",按照史湘云"酒面要一句古文,一句旧诗,一句骨牌名,一句曲牌名,还要一句时宪书上的话,共总凑成一句话"的要求,林黛玉这句诗应该是骨牌名大刀九;"叫的人九回肠",司马迁《拜任少卿书》:"肠一日而九回",是惆怅的意思;"这是鸿雁来宾"指的是季节的变换，季秋之月，鸿雁来宾，一派"自古逢秋悲寂寥"的感觉。

林黛玉把自己的心事和遭遇都寄托在这几句话中，学问和作者现实生活是紧密相连的，人之所以风雅和文雅，他们的雅趣都来源于生活的俗务。一个姑娘家的心事全然在这样的一个喜庆的生日宴上浮出来了，我忽然想起了弘一法师往生之前的四个字"悲欣交集"，真是千言万语都说不尽道不出。

林黛玉的悲伤与史湘云的幽默和无所谓全然相反，同样是酒令，两个人的不同作品完全是两种现实的生活态度。"奔腾而砰湃，江间波浪兼天涌，须要铁锁缆孤舟，既遇着一江风，不宜出行"史湘云的洒脱全然表露在这些句子之中。

人生是包罗万象的，在《红楼梦》中每个人不同的脸谱都被曹雪芹活生生地写活了。

人生半路上的预示

接下来是薛宝钗的酒令了。"底下宝玉可巧和宝钗对了点子",人与人之间的缘分都在这个"巧"字上。

宝钗覆了一个"宝"字,宝玉想了一想,便知是宝钗作戏指自己所佩通灵玉,便笑道:"姐姐拿我作雅谑,我却射着了。说出来姐姐别恼,就是姐姐的讳'钗'字就是了。"这是薛宝钗放在心头的一件重要事情,明白的人都知道是指她和贾宝玉的婚姻,这也是她最在乎的。一向识大体的薛宝钗,曾和哥哥薛蟠因宝玉挨打而争吵,被薛蟠说了一句她在乎贾宝玉的话,薛宝钗立马哭了起来,可见嘴里服用"冷香丸"的薛宝钗,满心都是情的"热毒"。

众人道:"怎么解?"宝玉道:"他说'宝',底下自然是'玉'了。我射'钗'字,旧诗曾有'敲断玉钗红烛冷',岂不射着了。"最终薛宝钗如愿以偿,和贾宝玉结为连理，但是最后贾宝玉出家了。有时候我们回头想想，你得到的未必是最好的，在某种情况下，失去比得到来得更洒脱。

一旁的史湘云听了认为"这用时事却使不得，两个人都该罚"。一旁的香菱道："前日我读岑嘉州五言律，现有一句说'此乡多宝玉'，怎么你倒忘了？后来又读李义山七言绝句，又有一句'宝钗无日不生尘'，我还笑说他两个名字都原来在唐诗上呢。"

这里很明显在预示着什么，这个时候大家讲的已不是行酒令，而是在讲每个人生命的道路和归属。这里香菱的一句"宝钗无日不生尘"倒像是在预示着薛宝钗的命运，永远在红尘之中，这句完全是在指点薛宝钗，可是执迷之心永远都无法参悟。

有时候得不到的才是最好的，所以林黛玉永远是那个"天上掉下来"的林妹妹，我们的惋惜、我们的无奈，都在这得与不得之间油然而生。

生死大事,幻灭之间

《红楼梦》第六十三回在讲贾宝玉生日夜宴,然而在贾宝玉的生日这天,贾敬死了。曹雪芹在讲生死大事的时候,特别让人敬畏。

本回的回目是"寿怡红群芳开夜宴 死金丹独艳理亲丧",寿对应死,有生必有死,两者并不是对立的。

我们在读《红楼梦》的时候,如果你仔细观察,曹雪芹在角角落落都不会忘记生命的繁华和没落,有时候想想,曹雪芹的文字处处都是慈悲,但是面对死生大事时,曹雪芹下笔却非常狠,丝毫不留任何商量的余地。我时常在想,如果在我生日那天,忽然有人告诉我谁死了,对我而言算不算是老天给我一次让我警醒的机会,毕竟生死是大事。

一切有情众生,都是处在变异、运动、假合的状态,这个过程谁也逃脱不了，不管你是修行的贾敬也好，还是红尘之中的贾宝玉也罢，生死大事是谁都过不了的一关，到最后都是需要面临的。诸行无常在这一回表现得非常透彻，如果你不看本回的回目，当你第一次看到贾宝玉过生日的这一回时，也许根本不会想到在这样喜庆的氛围下，贾敬会死去。

生命到底有多长，在呼吸之间，《大乘流转诸有经》说："前识灭时名之为死，后识续起号之为生。"死并不代表结束，而是一种新的开始，我们综观整本《红楼梦》。第六十三回，自贾宝玉的生日之后，一切都开始转变了，先是贾敬之死，然后是尤二姐和尤三姐的出现，以及后面两人一个"吐金"一个"吻剑"，再到最后整个家族的破败，我觉得贾宝玉过生日的热闹背后，似乎在隐隐约约告诉我们这一切都是幻灭。生又何尝生，死又何尝死？繁华亦是如此。

本性流露出的慈悲和善良

贾宝玉生日这天,真正的热闹和欢喜并非外面应酬的繁文缛节,而是回到自己的安然自在,宝玉回至房中与袭人商议:"晚间吃酒,大家取乐,不可拘泥。如今吃什么,好早说给他们备办去。"你看在这里,贾宝玉特别强调"不可拘泥",不过可以推己及人,有些人看似人脉广、应酬多,但其实未必是这些人乐意做的事情。诚如贾宝玉,饭桌上不得不端着一副架子,也只有回到自己的房中,没有束缚和管制,才是自然的生存方式。

这一回,贾宝玉有一处非常不经意的举动,让我的心瞬间感到温暖——宝玉点头,因说:"我出去走走,四儿舀水去,小燕一个跟我来罢。"说着,走至外边,因见无人,便问五儿之事。

贾宝玉的生日已经是忙得不可开交了,唯独这点闲暇时间,贾宝玉还不忘柳五儿,小燕告诉贾宝玉:"我才告诉了柳嫂子,他倒喜欢的很。只是五儿那夜受了委屈烦恼,回家去又气病了,那里来得。只等好了罢。"贾宝玉处处都是慈悲的,他能体谅每一个人无法体谅的苦。"宝玉听了,不免后悔长叹",贾宝玉的这番举动,是泛起了悲悯之心,我想菩萨低眉亦是如此。

现实生活中太缺乏贾宝玉这样的人了,我们生活在斤斤计较的氛围中,人情世故让我们只懂得锦上添花,却不知雪中送炭更为难得。贾宝玉的体贴与薛宝钗对人的细心完全是两码子事情。我们不能完全否认薛宝钗对人的好,但是对比贾宝玉和薛宝钗,从细节处可看出,体贴和细心真的很微妙,体贴是本性流露的细致入微,细心是处处衡量,仔细小心。

贾宝玉流露出的是慈悲,平等为慈,同体为悲,而薛宝钗的则是善良,慈悲和善良之间,用心不同、发愿不同,铸就了两个不同的境界。

宝玉又问:"这事袭人知道不知道?"小燕道:"我没告诉,不知芳官可说了不曾。"宝玉道:"我却没告诉过他,也罢,等我告诉他就是了。"说毕,复走进来,故意洗手。对于贾宝玉自身而言,累是身体上的体力所致,但是对于别人而言,则是精神上救赎的愿力,这就是菩萨的精神。从某种程度而言,贾宝玉有着一颗为众生服务的心。是不是有种我们佛教迦毗罗卫国净饭王的太子悉达多的感觉？身份永远不是重要的，重要的是自己对众生觉悟和服务的心。

柒·情缘

有些事情可以试着去认同

我经常跟做营销公关的朋友说,要想掌握好语言的技巧,你可以去看一看《红楼梦》。从《红楼梦》这本书中,很明显能感受到语言沟通的魅力,真的让我觉得美得不得了。

宝玉生日悄悄开夜宴,但是按园中的规矩是掌灯时分必须要有巡夜的执事。生日夜宴这晚,掌灯时分,听得院门前有一群人进来,大家隔窗悄视,果见林之孝家的和几个管事的女人走来,前头一人提着大灯笼。

对于贾宝玉这些青少年而言,做大人眼中所谓的坏事,早已经把应对的方法想了很多。只见怡红院凡上夜的人都迎了出去,林之孝家的吩咐:"别耍钱吃酒,放倒头睡到大天亮。我听见是不依的。"他们怕林之孝家的进来查看,袭人就把宝玉给推了出去,实则是拦在门口不让查夜的人进来。

宝玉看见林之孝家的,笑道:"我还没睡呢,妈妈进来歇歇。"又叫:"袭人倒茶来。"林之孝家的忙进来,然后给宝玉一顿劝诫:"还没睡?如今天长夜短了,该早些睡,明儿起的方早。不然到了明日起迟了,人笑话说不是个读书上学的公子了,倒像那起挑脚汉了!"

接下来我们仔细看宝玉是如何应对的。宝玉忙笑道:"妈妈说的是。我每日都睡的早,妈妈每日进来可都是我不知道的,已经睡了。今儿因吃了面,怕停住食,所以多顽一会子。"这是宝玉应对林之孝家的第一句话。

林之孝家的又笑道:"这些时我听见二爷嘴里都换了字眼,赶着这几位大姑娘们竟叫起名字来。虽然在这屋里,到底是老太太,太太的人,还该嘴里尊重些才是。若一时半刻偶然叫一声使得,若只管叫起来,怕以后兄弟侄儿照样,便惹人笑话,说这家子的人眼里没有长辈。"林之孝家的虽然是好心劝说让大家注意体统,但是让人有些僭越的感觉,认为她未免管得也太多了。作为读者的我都这么认为,更何况宝玉。当我满怀期待地看贾宝玉接下来的回答,却让我感到无比惊讶:"妈妈说的是。我原不过是一时半刻的!"

我们注意,贾宝玉一连两次都说"妈妈说的是",他的语言虽然朴素到美,但让人觉得他说的话非常有包容性，而且让人听着舒服。

有一件事情摆在我们的面前，现实生活中绝大多数人持冷漠或者果断的否决态度，以至于人我之间少了许多温情，记得以前营销老师经常会强调，好的营销话术就是先赞美，然后发表自己的观点，这样客户才会接受你的产品。也是读了《红楼梦》之后，我才发现，营销话术是如此，人我之间的感情和温情都需要这样的包容性来维系，而不是赤裸裸地否决或者反对。

其实有时候，并不是现实社会多么无情和冷漠，而是我们不知不觉地在制造冷漠。有些时候我们在观点不一致的时候，其实我们可以学着先去认同，然后晓之以理地发表自己的观点，我敢肯定效果会比你直接否定好上百倍。

柒·情缘

青春是一段你说不清的岁月

应对完林之孝家的查夜之后,宝玉他们就开始谋划夜宴的丰富内容。

宝玉说:"天热,咱们都脱了大衣裳才好。"众人笑道:"你要脱你脱,我们还要轮流安席呢。"其实这几年,我听到最多的就是"规矩"二字,什么事情都是循规蹈矩的,真的失去了很多生命中的真性情。

在《红楼梦》中,有很多纯情跃然于字里行间,让人说不清道不明,比如贾宝玉脱衣服的举动,我始终相信曹雪芹在写这一段的时候,是很唯美很纯情的,但是读者的一张嘴,永远都是一杆枪。生命的美丽并不是死在作者创作的思维下,而是牺牲在读者不能以心印心的分别上,当有色的视觉和无我的创作碰撞时,我突然明白,为什么《金刚经》上会说"应无所住,而生其心"了。

宝玉笑道:"这一安就安到五更天了。知道我最怕这些俗套子,在外人跟前不得已的,这会子还怄我就不好了。"众人听了,都说:"依你。"于是先不上坐,且忙着卸妆宽衣。曹雪芹一直在强调的是贾宝玉的本来面目,他怕的是人我之间的那副虚伪的面具,虽然世事洞明、人情练达都是学问,都是文章,但是我觉得这些就像是一个皮影人一般,所有的举动都是一副假象。

前两天,一位很久不曾联系的朋友,忽然联系到我了,我这几年的变化她并不知道。我们两人忽然聊到了以前在公司做拍档的经历,都比较感慨,她忽然说了一句:"以后你可别忘了我,我们都在一起睡过呢?"

当我听到这句话的时候,心中忽然有一种说不出来的滋味,那晚我俩聊工作,聊未来,聊朋友之间的感情,直到很晚。因为天冷,加之第二天不用上班,索性就住下了。那一晚上忽然间我们的友谊增进了很多,我们聊到后半夜才"同床"而睡。

几年前的一个夜晚却成了我俩难忘的一件事情,我觉得这是一件很美的事情,因为非常值得我们去回忆。我相信在我们的生命中,总有一次经历或者一件事情,超越了一切肉体和灵魂之间的关系存在,这个是别人无法理解的。

这么多年过去了，这种说不清道不明的关系，我终于在《红楼梦》中产生了共鸣。或许在文字阅读的那一刻，我甚至觉得曹雪芹是在回忆他的青春经历。

一个人年轻的时候，最大的错误就是怕自己出错，这个年龄是一个允许放开和允许犯错的阶段，但绝对不是开放和放肆，当看到贾宝玉"卸妆宽衣"时，我忽然明白：好的作者是可以一层一层揭开读者虚伪的面具，去还原一个没有任何色彩的本性和本心。

欲言又止的心中领会

柒·情缘

贾敬之死,相比秦可卿之死,笔墨分明少了很多,却有一个线索值得我们注意,从《红楼梦》第六十三回到第六十四回,贾敬的丧事只是一个缘由,而是借助贾敬的丧事,带出去更多比丧事更可悲的事。

"一日,供毕早饭,因此时天气尚长,贾珍等连日劳倦,不免在灵旁假寐。宝玉见无客至,遂欲回家看视黛玉,因先回至怡红院中。"贾宝玉的心中永远都住着一个林妹妹,所以不管什么时候,贾宝玉第一个记挂的都是林黛玉。

"但我此刻走去,见他伤感,必极力劝解,又怕他烦恼郁结于心,若不去,又恐他过于伤感,无人劝止。两件皆足致疾。莫若先到凤姐姐处一看,在彼稍坐即回。如若见林妹妹伤感,再设法开解,既不至使其过悲,哀痛稍申,亦不至抑郁致病。"想毕,贾宝玉遂出了园门,

一径到凤姐处来。

读完这一段文字,我脑海里不由自主地闪出"设身处地"四个字,贾宝玉放在林妹妹身上的心思大抵如此。

贾宝玉走入屋内,只见黛玉面向里歪着,病体恹恹,大有不胜之态,第一句话便关心地问:"妹妹这两天可大好些了?气色倒觉静些,只是为何又伤心了?"我觉得贾宝玉对人的细心在某种程度上远远超过了薛宝钗。黛玉道:"可是你没的说了,好好的我多早晚又伤心了?"黛玉的撒谎实则是不好意思,一个人的不好意思不仅仅是碍于面子,有时候忽然有人关心,也会让你觉得不好意思,这种不好意思来源于内心的感动。

宝玉笑道:"妹妹脸上现有泪痕,如何还哄我呢。只是我想妹妹素日本来多病,凡事当各自宽解,不可过作无益之悲。若作践坏了身子,使我……"贾宝玉的所有心思都在林黛玉这里,然而有时候关心则乱,说话的时候脑子会热。曹雪芹给这段话留了很大的想象空间,其实人与人之间,很多时候不必把话说尽,留几分空白,往往比把话说完要好很多。

贾宝玉说到这里,觉得以下的话有些难说,连忙咽住。只因他虽说和黛玉一处长大,情投意合,又愿同生死,却只是心中领会,从来未曾当面说出。贾宝玉的欲言又止让人感动。真正的感情其实是很朴实的,你不讲,我却懂。"心中领会"这一词的想象空间是非常大的,能让你局促不安,也能让你百般纠缠,更能让你豁然开朗。

柒·情缘

联袂推荐

《解毒〈红楼梦〉的禅文化》

悟澹 著

平装（2015年5月版）、精装（2015年10月版）、繁体插画版（2016年10月版），其中精装版获"2016年南国书香节广东最美的书"称号。

《解毒〈红楼梦〉的禅文化》得名由来很简单，佛教中把贪、嗔、痴称为"三毒"，而作者认为情仇爱恨都是毒，站在传统文学和佛教文学的角度来解读《红楼梦》，以慈悲、和谐、和美、和善的角度与读者对话，安抚大众的浮躁心态，同时希望用比较富哲理性的文字让大家不要再去抱怨周边的一切，而是在传统的文学世界和佛教文学世界中，找到生活中的真善美，佛陀被誉为"大医王"，所以作者把自己当作一位医生，为每一位读者的生活把脉解毒。

以禅文化的观点来解读《红楼梦》，是传统文学与佛教文学最美的邂逅，这也是《红楼梦》的灵性之处。人生最大的悲伤不是生离死别，而是在短暂的生命轨道中我们丝毫没有忏悔之心，且在这个浮躁的世界我们没有办法自我观照，但曹雪芹做到了，他通过文学形式将之呈现出来。《红楼梦》是一本世间的经书，将世间的一切都转达得无比完美。

繁体插画版，配精美插画，由金马奖最佳新人余少群推荐，马来西亚华人画家章良独家插画，慈满法师亲自参与审校并附作《红楼梦》中颇具禅意的诗词书法作为内文插页。附赠电视剧《黛玉传》林黛玉扮演者闵春晓剧照签名明信片。

《来不及长大就老了》
王麟慧 著
2016年10月版

"既然来不及长大,不如从容老去。""因为我眼睛里的快乐,是世间别无选择的幸福。"本书从"暖色""行色""青色""行色""原色""眼色"六个板块来说些亲情、友情、爱情的小事,无外乎吃、喝、玩、乐,惊天地泣鬼神那些大事与我无关。时间是个凉亭,是让人常去歇歇脚的,能在小恬之时,弄出一些笔墨来,或许也是人生快事一件。知心,知情,知性!

精美插画,全彩,外加塑封。

《贪点依赖贪点爱》
曹丽黎 著
2017年5月版

"如果爱不能两全其美,是否能成全一方?请原谅我们,在情感匮乏的路上,需要依赖需要爱。"

也许生活还另有真相,长的是时光,短的是人生。"遗忘,大概是现代人最擅长的事。孤独,是一种馈赠,更是一种懂得。在无情的岁月之中,请深情地活着。"

精美插画,全彩,赠书签,外加塑封。

缘来红楼梦一场

慈满

YUANLAI HONGLOUMENG YICHANG